〔瑞士〕卡尔·施皮特勒◎著

谷香裕◎译

伊玛果

海峡出版发行集团 | 海峡文艺出版社
THE STRAITS PUBLISHING & DISTRIBUTING GROUP | Haixia Literature & Art Publishing House

图书在版编目（CIP）数据

伊玛果/(瑞)施皮特勒著;谷香裕译. —福州:海峡文艺出版社,2017.8
(2023.9 重印)
（诺贝尔文学奖大系）
ISBN 978-7-5550-1186-6

Ⅰ.①伊… Ⅱ.①施…②谷… Ⅲ.①长篇小说－瑞士－现代
Ⅳ.①I522.45

中国版本图书馆 CIP 数据核字(2017)第 144473 号

诺贝尔文学奖大系

伊玛果

[瑞士]施皮特勒　著　谷香裕　译

责任编辑	李永远
出版发行	海峡文艺出版社
经　　销	福建新华发行(集团)有限责任公司
社　　址	福州市东水路 76 号 14 层
发 行 部	0591－87536797
印　　刷	福州俊丰彩印有限公司
地　　址	福州市晋安区鼓山镇鼓一村福光路 189 号
开　　本	889 毫米×1194 毫米　1/32
字　　数	128 千字
印　　张	5.625
版　　次	2017 年 8 月第 1 版
印　　次	2023 年 9 月第 3 次印刷
书　　号	ISBN 978-7-5550-1186-6
定　　价	33.00 元

颁奖辞

瑞典文学院诺贝尔委员会主席　哈拉德·雅思

瑞典文学院依照诺贝尔基金会的章程把去年未能颁发的 1919 年的诺贝尔文学奖授予瑞士作家卡尔·施皮特勒先生，以表彰他杰出的史诗《奥林匹斯的春天》。

对于这部作品，我们可以说它"大器晚成"。虽然，它的价值被认可经历了一段漫长的时间，但如今它在文坛上的地位已经稳如磐石。现在欣赏这本书已经不再是件异常辛苦和令人怀疑的事情了。因为它不仅有诗歌之美，也有诗歌之外的美，它在能明确地表达作者的主题的同时，又给人以艺术的美感。这种完美的结合来之不易，只有既有自己的独立思想又对生活充满美好理想的优秀的天才才能做到。

有人这样评价这部诗："本诗的形成，不是来自作者明确又自由的自发的意识，而是来自一种矛盾的冲突，是我们和一种隐晦难懂的思想一直做斗争，最后才产生的。"对于这种说法，我们不能苟同。

在对作品的理解上，读者和评论家本身就和诗人想表达的意图有一定的差距。但是，这种差距并不意味着谁对谁错，只能说明这部诗歌的含义是丰富深刻的。我们只有多方理解，才能更完整地体会它的意思，对它做出客观的评价。

之前，这部作品只在瑞士和德国流传较广，版本是1909年的改写版。但随着时间的流逝，特别是世界大战结束后，已经有越来越多的人开始关注它，今年新版本预计会售出几千册，这个数字对于在市场上销售的图书来说已经非常惊人了，因为它的主题写的是遥远的奥林匹斯神祇的故事，而不是一部贴合我们实际生活的作品，更何况这部作品厚达六百多页。因为这本书特殊的文学类型，所以，必须把它不间断地全部读完才能体会其意义。这就要求读者有足够的时间，并且非常专注。作者用了长达几十年的时间来完成这部作品。写作过程中，他刻意和当代纷乱的生活保持距离，不计较应得的物质得失，这么做可以说对自己是残忍的。

对于本书的复杂性，作者从未想着把它简化，甚至还有强化它的趋向，特意选择这样的题材和写作方法。这种题材和写作方法，无论是在哪种素养、性格、爱好、教育背景的读者来看，都是难以理解的，特别是他们进入书中，准备了解这部作品展示的整个世界时，更是无所适从。而作者则非常有勇气，从书的开头，他就告诉了读者们，必须有足够的勇气和耐心，才能跟着他的思路，看完他展示给我们的这个神奇的故事。这个故事，只有我们弄明白情节，铺好各条脉络，再加上主角的独白和他们间的对话，才能整体读懂它的深刻含义。这里面，主角的独白和对话像戏剧一样出彩，文学鉴赏力强的人甚至会发现，这部作品有荷马的风格，尽管作者带领读者走的是一条完全陌生的、事先不知道其目的地在哪里的道路。

不过，从别的方面来说，施皮特勒的神话故事是他自己创造的，有明显的独到之处，与荷马的奥林匹斯有着明显的不同。有人质疑施皮特勒的目的，说他的写作不过是用语言学家的文字游戏和其他学说的研究者惯用的伎俩，故意写一些难懂的意象和细微的象征，目的是吸引那些学究们。他们这样说对施皮特勒很不公平。他书中的奥林匹斯神祇、英雄，以及神话的内容、比喻，和那些古希腊诗人及哲学家区别很大，无论是从风格还是语气上。他的作品既不是对晚期古典文学进行的诠释，也不是诗人依赖、借助寓言的证明。有人说这部作品和《浮士德》的部分内容类似，我对此并不赞同。因为，施皮特勒没有模仿任何作家，包括年迈的歌德。相对于歌德用浮士德和海伦来调和浪漫的热情和古典，施皮特勒的神话只是他自己经历的一种真实表达，来自于他自身在接受教育的过程中形成的对纷繁复杂的充满斗争的人生的认识。作者想通对一个理想国的描绘，力求将人类世界中的辛劳、希望与失望，人们各不相同的命运及自由意志与被压迫之间的矛盾关系进行生动的再现。通过他的描写，我们看到许多生动的角色，却都在混乱中不停挣扎。他不会顾虑现代美学的规范，不会让自己梦幻和现实相融合的世界受到影响，并且，还有各色神话角色的名字充斥其间。施皮特勒的作品是公认的晦涩难懂。

虽然我整理了很久，想摘录一段能够为人理解的《奥林匹斯的春天》的情节，但是，我依然不能给大家呈现出一幅完整的画面，说出它的具体情况。我也描绘不出那些闪闪发光的、生动鲜活的插曲，以及作品中无时无刻不在的神的力量，也描绘不出那些插曲和整个作品之间无法分割的关联。我只能大概地说，奥林匹斯的生命光辉如此高大，他和小宇宙一起，给人感觉既充满欢乐，又包含着痛苦。但是人类不知感恩，肆无忌惮地犯下各种罪恶，继而痛苦，最后终于感觉一切都无法改变了，便陷入深深的绝望中。赫拉克勒斯作为宙斯的儿子，虽然他那做天神的父亲和亲朋已经赋予他全部的美德，但是，女王赫拉也把仇恨和诅咒加在了他身上，所以他不得不离开奥林匹斯，到人间去完成不会获得任何回报且需要极大怜悯和勇气才能完成的任务。

奥林匹斯诸神都做了很多伟大的事，他们敢于冒险，能打胜仗，彼此之间喜爱争论，但是在诗人看来，这些超人们必须控制他们狂妄的想法以及膨胀的欲望，才能做到真正有价值。

"智者掌控命运，愚者被命运摆布。"①超越诸神之上的，由命运在掌控着，命运是一种肃穆无声、捉摸不定的力量，它冷漠无情，是整个宇宙的运行法则；在诸神之下的，是离我们较近的没有灵魂的、机械的自然之力。这个地方，无论是神还是人，都要做贡献，为自己、为他人，但是自然已经被神和人的邪恶及傲慢侵蚀得遍体鳞伤，人和神的行为是愚蠢的，自己也会因此遭受毁灭。在这部史诗中，我们可以看到许许多多荷马诗中根本不存在的东西：飞船、尖端的发明创造、圆顶庄严的拱门等。但是在诗中，阴暗可鄙的扁平足民族，创造了人工太阳，替代了阿波罗的能力，使他丧失了宇宙权柄，并且，他们还使用功能阴毒狠辣的车子及毒气，企图在太空中杀掉阿波罗，这一切都说明了，物质力量带给人们的已经不单是自信，它已经把人们引向歧途，使人们走向衰落。

①出自《奥林匹斯的春天》第3部第5章节。

施皮特勒除了描写诙谐的情节，还描写英雄们面对的传奇般的考验以及他们做出的伟大事业。他描写诙谐的情节信手拈来，收放自如，这一点，很像阿里奥斯托①。他的风格变化频繁，无论在语气上还是在感情色彩上，有时严肃庄重、充满伤感，有时又格外小心，变成了明喻写意方式，有时又尽情生动地展示大自然的美。他笔下的大自然，都是自己的故乡阿尔卑斯山区的景色，这和希腊的大自然景色不一样。他对语言有超高的驾驭能力，诗的格律和轻重音都运用得既频繁又恰当，文字华丽准确，又不乏活泼，并且是典型的瑞士风格。

瑞典文学院非常高兴能够把奖颁给施皮特勒，因为他诗篇中所体现的独立文化值得赞扬。施皮特勒因病未能前来领奖，此奖将由瑞士大使馆代为转交。

①阿里奥斯托（1474—1533年），欧洲文艺复兴时期意大利著名诗人。

致答辞

（施皮特勒因病未出席典礼，故没有致答辞）

目 录

伊玛果

审判者归来

"车子没有停稳，请别跳下去！"

"可有帮忙搬送行李的服务生吗？这里是我的故乡吗？我思念极深的故乡？乡村警察在走廊上散漫地走动着，我觉得他肯定在犯困。"维德这样想。

"你有大件的行李吗？"

这个火车站如此普通，既破旧又灰暗，和其他地方的房屋一样，没有一点吸引人的地方，更不用说富丽堂皇了。难道说这里都是这样的光秃、荒无人烟吗？呵！才9月初呢！就灰尘满布，北风刺人！不管怎样，他还是对这件事很有把握：像这种扑朔迷离、荒无人烟的野外地区，对于爱情的诱惑，他已经免疫了。

那位做事笨拙的服务生，不断地打断他的思维，让他无法进行有效的思考。

"您能好心地帮个忙吗？"维德问。

"请您用最慢的步子绕廊柱走一圈，算算需要几步走完。"

"你走了几步？6步呀！非常感谢。从现在开始，你要是乐意，我们就继续走。"那位小人物好像下巴掉了一样，大吃一惊。这样一来，剩余的路程，他就不再唠叨了。

一到旅馆，维德就找了一本详细记有全市市民的名单来查阅。"她叫——现在叫——羞耻的女人——她的丈夫姓——可能是魏斯主任太太。什么主任？铁路站、银行、水泥公司，其中有很多主任称呼都徒有虚名。很好！现在我就要找到他。哈！找到了。看呀！她在她丈夫的后面安稳地躲着。魏斯教授，市立博物馆暨艺术学院主任、郡立图书馆主任、孤儿院干事，明思特街六号。

"哎呀！这位先生多么有才智啊，拥有成堆的头衔。奇特！真奇特！他要是个开银行的该多好。但事实上，他只是受过高等教育，虽然没有理由，但也不是无缘无故，我能想象到他会是个瘦弱、低调、有些许愚笨、经常心慌意乱的快乐丈夫，虽然我不能断定他就是个滑稽的小丑。

"这样吧，明天清早，我就去明思特街六号。我断定那个讨人喜爱的女士——你可爱的小拇指一定猜不到审判你的人已经到来。"

次日清晨，在拜访时间里(在10点左右)，他朝明思特街走去。"我若是出现，她会有怎样的反应呢？有两种可能：一是步履蹒跚地从室内走出来，起初脸色变得通红，然后经过调整后会反抗般地瞪着我。如果是这样，我就会用回忆般的眼神瞪着她，直到她抬不起头。趁她低头时，我就瞄准她那位装腔作势的丈夫。"

"我最最尊敬的先生，的确需要解释一下，刚才我与贵夫人表演的那场让人迷惑不解的无声剧。当然，我很早就想好了说辞，不过我觉得让贵夫人亲自说明更符合我的绅士风度。"

"我是她的债主，但是我绝对不会揭发她。我会让她自己告诉您，我是她符合法律规定的、也是更适合做她主人的人，以及这其中的前因后果。您，尊贵的先生，只不过是我的替代者，您应该感谢我允许您替我工作。不过从现在起，您就安心吧。我已经默认了您婚姻的专利权。我很清楚我该扮演什么样的角色，还有我应该保持怎样的礼节。我不会去扰乱您的幸福婚姻。您现在的生活是神圣的、受保护的。我非常清楚，我向您鞠躬行礼后，就会离开，这是我的责任。但是主任先生，您会渐渐发现，我的离开对您来说是多么的可怕。对您，这是我第一次也是一生中仅有的一次拜访，这类事情永不会再发生。我虔诚的心已经对贵夫人失望至极。她就在那里，您能从她身体的反应来证实我说的话，肯定她的罪行，如此，我就知足了。我会留下我的住址，以防您仍不满意此事。明日一整天，我都会静候您的吩咐和等待您的光临。没错，我就这么说给他——十四号！啊哈！我走过头了？返回去！十二，十；越来越靠近，八，下一家就到了。很好！这座小房子真精致。这么干净可爱，流苏窗帘垂在开敞的窗户上。有谁会想到虚伪就藏匿在这房子的外表下？金丝鸟的啼鸣，孩子的欢笑——小孩？哪来的小孩？不会是弄错门牌号了吧？不会啊！就是这个地址。也许——这里居住着许多人家吧？"

一看见"魏斯"字样的门牌，他就会心跳加速。"冷静！冷静！五脏六腑上下翻腾的人应该是她，而不应该是我，因为我是——审判者。"拉响铃，紧接着走上楼梯。

"很对不起！"女佣人说，"主任与夫人不在。"那声音好似甜美的歌声。他本来想好了各种各样的应对之策，只是没料到"没有接待"和"不被接待"。这完全不在他意料之中。他最讨厌吃闭门羹了。

"出门了？"

她居然和"那个人"在大庭广众之下出门？不错！这是她的权利，只是这牵扯的不仅是权利，还有羞耻之心和名节。

"这是我的名片，下午我会再次拜访。"

"主任夫人下午也不在家。"女佣人大胆地断定。

"她——敢——不——在！"他愤愤地说完后，掉头就走。

这真是个可恶的女佣人。她叫"主任夫人"的声音尤其让人讨厌啊！在楼梯上，他遇到了邮差。

"有主任夫人的明信片。"

邮差居然也称呼她主任夫人！"可真是举世混浊唯我独清，他们都被世俗蒙蔽了。如果她嫁的人是我，他们就得用我的姓氏了。"

他从口袋中拿出怀表看了看，11点半。在午餐前，拜访石女士刚好。仔细想想，明思特街到她住的玫瑰谷区有多远？要是赶路的话，要多久呢？

现在，出现在他脑海里的是秋阳下熟悉的翠菊。他急忙赶路，一想到能够再次见到他的女性好友，就心情愉悦。他越焦急渴望，速度就越快。他在花园前，忽然停了下来。

"也许，她也不在家。"

这种倒霉事一旦在清早遇到，就会像瘟疫一样蔓延开来。不对！出现奇迹了！楼上传来一阵欢快的声音，她在友谊的光芒中从楼梯疾奔向他。他们迫不及待地拥抱彼此，她用双手拉住他。

"真是你啊！快坐下，告诉我吧，所有你的事情！你近来好吗？"

"我怎么知道呢？"

她愉悦地放声大笑。

"你就是这样，一如既往，什么也没变，快说说，什么都好，快说说，我就是想听听你说话。只有这样，我才能真的相信你在我面前，而不只是我个人的痴心妄想，梦境或者幻想。"

"因为在你的世界中，幻想和现实的界限总是这么不分明。就算你消失在我眼前，我也会镇定自若。"

"是啊，我脑中的火车脱轨了。"她戏谑道，"我的思路没办法衔接起来。"

"你确定不需要我站起来转一圈，以证实我真真切切地站在你面前？"

"算了，我宁可这样拉着你。从这一刻起我要紧紧地抓住，防止你逃跑。——啊！真不可思议！你到这多久了？"

"昨天晚上——不过，你没发现吗？你真是越来越美丽、年轻了。你的衣着永远是最有品位的。"

"哎呀呀！别说了，都是32岁的寡妇一样的女人了。不过——你是真的越来越自信、勇敢了。"

"我自负到了极点，好滋事、乐于探险，不过我觉得这只是积极进取。"

"这就对了，你应该继续保持这样。这么说，你是打算做一件庄严伟大的事？哦，我可全身心期盼着呢！"

"哎！说到这个……"他叹着气说，目视远方，脸上一片愁云。

"别再露出这副苦瓜脸了。"她含着笑说，"总之，我绝不会同情你。这副表情难道是属于胜利后的忧虑，不然就是完成壮举后的空虚？"

此时，远处的教堂响起"当——当——"的低鸣。

"你说说看？"她诱哄他，"喝杯下午茶吧，就我们俩人，怎么样？"

她多想替他说好，但立刻想到了他的安排。

"对不起，我有个约会。"他惋惜地说。

"哎，你看你！昨晚才到，今天日程就安排满了。只是，我不会追问你的私事。"

"事实上也不是什么不能说的事——"虽然说出实情让他有些为难，但是他一点也不愿意隐藏自己的脆弱。

"对你来说，更没有什么秘密可言。事实上，我下午两点要拜访魏斯主任。"

她惊奇地看着他。

"你怎么会在大家一致认为的'社会道德公开的庙堂'里迷失自己呢？你和主任先生相识？"

"不，我只认识他夫人。"

她的脸色霎时间变了，神情也冷淡起来。

"我就说，我早该猜到的。"她回过头去，"四年前你们在避暑胜地有过一面之缘。就一两天！"

"一面之缘？"他大喊道，"你怎会这样说，你应该更了解。就一两天，你什么意思？几天？你用日历计算生命？我想我这庸庸碌碌的30年还没有那几个小时更重要。那几个小时就是永恒，就像真正的艺术作品，甚至更无法磨灭。艺术家创造美丽的艺术，其实他们本身就是这种精神的祭品。"

"事实是，这种艺术仍然会被别人遗忘，有着丢失甚至成为过去的危险。"

"我不赞同'遗忘'，更不相信会'过去'。"

"这只是你的幻想，但人的愿望会在现实当中……你难道真的觉得主任夫人很期待你的到来。假如你不去，她会感到遗憾？"

"确实，我不觉得她会遗憾！因为我对她的拜访从各个角度来说都不是件值得开心的事情。而且我不想她不开心。"

石女士沉静了一会儿，之后用呢喃又富有强调性的语气说："漂亮的索伊达已经是块被切好的面包，她与你的缘分已经尽了，已经有了自己的婚姻生活。她生活得非常幸福。她有一个有教养并受过高等教育的、尊重她并受她尊重的丈夫；有一个让人喜爱的、顽皮的、拥有一头黑色头发的孩子。这个孩子和他母亲一样有着固执的个性，现在才刚学说话呢！——你最好是爽快大方地放手算了。这对你会是件很轻松的事情，可对一位已婚的母亲来说却是很重要的。除了这些，她还拥有一大群相处和睦的亲朋好友。在这里她如鱼得水，最关键的是她的哥哥克特是个天才——一个绝世的天才。她崇拜他就像是信仰上帝一样。"她顿一顿，情不自禁地微笑了，"哦，顺便说一下，我想她下午是不会在家的。因为她肯定跟合唱团去了乡下。"

"话不用说得那么绝对，下午她会在家的。"

"你若这么肯定，我无话可说。"而后，她猛然间严肃地问，"尊敬的朋友，坦率地讲，你到底想从主任夫人那里得到什么？"

"什么也不需要！"他烦躁地应答着。

"那是最好不过的，不然你得到的只会是最惨痛的绝望。——那，下一回！你知道我的家门随时为你敞开。"她为他打开门，再次强调，"记住了！漂亮的索伊达已经是别人的夫人了。"

她毫不留情地一再提醒，暗藏不悦地说——因为她绝不相信他会放弃这种念头。"哦，算了，亲爱的。娶绝代佳人这回事，我早无此意了。这就是她近期的工作：生一个小孩？那好，高贵的夫人，我不会妨碍你。双胞胎、三胞胎、一堆孩子，权当我是空气。无论如何，随你做什么——慢着，刚才我说我对她无欲无求，是不太对的；我必须再纠正一下，我应该马上给石女士写一张便条，没错，让那位电梯里的矮子帮我送过去。"

"我最亲爱的朋友，纠正一下：我对她不是无欲无求，而是我要她在我面前羞愧地低头。您真诚的维德。"

在饭堂里，人们穿梭在走廊间，熙熙攘攘。这一刻，有人凝视窗外，有人望着壁画。而一直到午餐开始，维德的眼神停留在一个用黑色相框装帧的政治家头像上。离这么远，他自然是看不清这幅画上的名字，只看到一副刚硬的面庞，有胆有识的五官，好像是木刻的一样。这位政治家用舍己为公、深负使命感再加上火焰般高涨的信心、不眨眼的眼神瞪着你，让你无从招架，只能用眨眼来缓解。他不习惯随意定义别人，与人交流时，也不会对谁有什么意见或者故意挑衅。他艰难地拼出这位大人的名言："孩童时期决定一切。"是啊，完全是一个老人应有的装腔作势的样子，而且他的名言完全符合这副神态。在这里，世界就是个教育场，生活的目的是学习，而后是教育他人；真理必须有智慧的内涵，智慧必定有教育的趣味。维德一动不动地盯着政治家。这时，有个人关注到他，越过他的肩膀看那幅头像。

"这幅头像很不错啊。"那人用欣赏的目光评论着。

其他客人全部聚了过来，像一群蚂蚁聚在一块糖边一样。赞美的评语再度响起："这是一位大人物的头像。"

他一定非常有名又受人爱戴，因为他们坐下后还不断地评论着。在这些杂七杂八的交谈中，他无意中听到一个姓氏。"——不——等等，你听他们说什么呢？——不——这是她之前的姓啊？也许是她的远方表亲吧。"

"他有孩子吗？"一个人轻声地问道。

"两个。"有人说出答案，"一儿，一女。"

"儿子一般，不怎么熟识，是个写诗的。女儿嫁给了那个有声望的魏斯主任。她是个了不起的女人。每当她出现在街头，所有的路人都会向她行注目礼。她身材修长，虽然有着南方人一样黝黑的皮肤，但却有股高傲的气质，她的祖母就出生在意大利。真是一个让人热血沸腾的魔鬼啊，只是她光明磊落、遵守社会道德，没有人能挑她的毛病。她和她已逝的父亲一样，有着深厚的爱国之情。""这头像是她父亲？理智些吧！快点醒来吧！快点思考呀！现在事实都摆在眼前了，你应该能得到很多的线索了。"但他那慵懒的理智只是稍微动弹了一下，之后就默默无声了。他的理智就好比一只街道上的流浪狗，在听到送牛奶的人路过身边后，毫不疑心地放任自己睡去。"这种现实，让我的理智显得愚蠢透顶。"

吃过饭后，维德问服务员，在哪里可以看报纸。

"您可以去一个名叫'咖啡趣话'的咖啡店里，就在火车站附近，随便找个孩子就可以带你去。"

　　咖啡店的招待厅里，人满为患。不过他还是找到了两个靠窗的位子。人们来来往往，互相问候，四处走动，但他面前的位子一直空着。

　　这里和其他地方一模一样。"维德！这就是现实，在这里你毫无用武之地。"

　　"——呵！这个想法可真是诡异可笑。在这群人中值得被信赖的、能为屋主守护房子的人会是谁。他有可能是正在读报纸的人；也可能是头发微秃、戴着眼镜、有着一张羊脸的坐在后面的人。反正他不可能像阿多尼斯①一样人见人爱吧！即便你爱得再深，他也变不成阿多尼斯。他除了有一点教授的样子，没有什么特别之处。守屋者，守屋者。假如我能劝告你，我会劝你别依赖于书本上学到的那些教条。要不然在黑色的某一天，你的裘诺天后②会用'讨厌鬼，枯燥博士'称呼你。其实，正常的情况下，我应过去与他搭讪并趁机取乐。只要我确定他就是守屋的那个人。哎，不管怎样，一会儿就明了了。2 点 10 分，只有 45 分钟了，时间可真漫长啊！——哈！走进来一个非常高贵英俊的人！啊！他可是所有年轻女子心目中的白马王子，是个可以攀附的人，更是一张极其有等级的长久饭票。要是我会唱歌我就唱：他是这么伟大，有丘比特③般的头发，是一位让人陶醉的赫拉克勒斯④。这让我想起了一个人——没错，红心老 K。哇！年轻的处女们失望地大声哭号吧！看看他手上戴着的结婚戒指，再看他心满意足的样子。有子万事足啊，他已经是一位父亲了。看他脱外

－－－－－－－－－－
①希腊神话中的青春美少年。
②罗马神话中的天后，相当于希腊神话中的赫拉。
③罗马神话中的爱神。
④希腊神话中最著名的英雄之一，力大无比。主神宙斯与阿尔克墨涅之子。

套的方式是那样的仔细小心！在外套下面的白衬衫毫无瑕疵！现在的情况是——我确信他朝我走来。欢迎！您是这么出众。"红心老 K 彬彬有礼地坐下，将雪茄烟盒递给维德："您介意我不拘礼数的邀请吗？"

"不，谢谢！我不吸烟。"维德说。不过看他那个绣花的烟盒是多么精致啊，肯定是他太太亲手做的。红心老 K 拿起带有插图的杂志，姿态像国王一样优雅，然后说："我可以……"他用手指敲击桌面。他的手指修长，保养得可真好！红心老 K 心无旁骛地看着杂志，好像他对这些很感兴趣。但是维德只想与人聊天。显而易见，红心老 K 很满意他现在的境况。

"你不是本地人？"红心老 K 开始犹豫地说——他浑圆的声音给人一种强调的感觉，"我们粗俗的方言对话，对你来说是不是有些困难了。"

"我是本地人。"维德简短而迅速地结束话题，"我生长在这里，只是阔别家乡很久了。"

"这更好了，我很荣幸能向老乡致意。"说完话后，他又埋入杂志。他的神情看起来很满足、很陶醉，好像他正在享受他的幸福果实。

享受过后，红心老 K 指着歌德的著作——少年维特殉情而死的照片。"你觉得怎么样？"他有些迟疑地问，"你还相信现实中存在这种无比疯狂的爱情吗？"

"在自然界中，这再自然不过了。"维德没好气地回他。

红心老 K 微笑着说："对，不过这需要看一个人对自然界的定义是广义上的还是狭义上的。所以你真的相信——在我们的现实主义

13

时代——"

"没有什么现实主义时代。"

"倘若你非要这么说，就算了。不过你不得不承认每个时代都有属于它自己的特色吧？这个时代的特色在其他时代就不会被理解。如果人类早期的心灵活动，放到现在也一定会是这样的结果。您可以想象——比如：施洗者约翰①，或我们刚才所谈论的少年维特的例子或圣方济修士。喔，对不起，我没有冒犯你的意思，请你相信我。"

维德微笑着安抚紧张的红心老 K，说："我对施洗者约翰和圣方济没有什么意见。但是圣灵只吃蚱蜢就会降临，可是施洗者约翰却吃蜜蜂和蚱蜢，而且圣方济无我的境界说不定是因为穿着高领衣服的缘故。有一件事我不愿意相信，但是我的消息来源让我不得不相信：创造维特的人是个天生喜欢穿漂亮衣服、故意做作、爱慕虚荣的人。"

两人之间持续了很长时间的沉默。有个想法在维德的脑海中灵光一现，他越想越有可能。最终他轻声地问道："您认识魏斯主任吗？"话一说出，他就感觉浑身上下不自在。

红心老 K 惊讶地看向他："当然！怎么了？"

"他人如何？是什么风格？我是说他长什么样子，高个矮个，苍老年轻，看上去是让人感觉厌憎呢，还是让人愉悦？不管怎样，谁都能从他的头衔上看出他是位受过高等教育的人。"

红心老 K 愉悦地笑了："我相信他和很多人一样有缺点，但或许、至少，我很自豪的是他还有很多过人之处。忘了说明，你问的人就

①《圣经》中的人物，奉上帝之命，为耶稣施洗礼。

在你面前。"

事情往往都是这样，在高雅、和蔼的同时，又讽刺不堪。不过维德很善于应付感情敏感的人，他条件反射似的伸出手。另一位也用相同的热情与他握手。在这一刻，两人之间达成了友谊的共识。

在听到维德叫他的名字后，主任心情很愉悦，说："很显然您就是今早拜访我家的那位先生。我们非常诚恳地表达我们的歉意和遗憾，特别是我夫人。我有信心肯定，假如我没有记错，你和我夫人在海边的游览胜地有过一面之缘。"

"不是在海边，而是在山上的疗养胜地。"维德有些沮丧地说。

"可惜的是她还不在家。不过，这并不表示不欢迎你，因为她和合唱团的妇女早就约好了。我也刚从车站回来。我不希望你因此而失望。假如你不介意我打扰你，那，请你一定来参加我的理想社。你不要拘泥于形式，你现在的穿着就可以。另外，我夫人是社团的名誉社长。"

"理想社？"

"喔！我忘了，您对这个一无所知。"话一说完，他猛然后退，那动作就像运动员起跳般迅速，接着又飞奔向前，对维德讲起此事。"就是用来追思和缅怀我的岳丈的社团。场合很轻松，无拘无束、无固定形式、无着装要求，也没有各种虚伪，甚至没有像样的晚餐，而且社交活动纯粹是以培养内涵为主，以提升社团成员的精神领悟为目的。工作一天后的精神疲惫可以在这里得到充分的恢复（当然，需要我说明的是这两者之间没有矛盾）。在这种场合里，音乐当然有着极重的地位，是不可或缺的。——还有参加的人，聚会的地点和相关的安排，一般聚会的时间是星期一、三和五。"

维德一边努力听他说话，一边开始分神思考眼前的事情。他观察着，这位就是守屋者。他怎么会把他想成愚笨的人？这位红心老K完全不符合喜剧形象。他惊讶地望着眼前的人，凝神屏气，快要缺氧窒息了。现在你该高兴了，他是个气概豪迈、光明磊落、风度潇洒的人。而且他还是个荣耀自豪的男子汉。维德发现了一件理所应当的事情，就是她爱他。事实上，维德本身没有什么奢想，也感谢上帝制止了他的这种想法。反而言之，倘若事情不是这样发展，总有一天，麻烦和困境会随之而来。因为对她来说，根本没有关于梦想之会的回忆。因为如果她记得，那她不会在维德来拜访的时候还去郊外远足；否则，这个女人的行为毋庸置疑是没有羞耻心的。

"你也喜欢音乐剧？"红心老K的声音回响在维德的脑海中，"或者你热爱音乐？对吗？"

"我也这样觉得，但我真的不清楚，影响因素有很多！"

教堂响起了钟声。

"3点了？"红心老K迅速地站起，"我说话时忘记了时间，我必须尽快赶往博物馆才行。——那么，我期望，你会给我一个在理想社欢迎你的机会。"

红心老K迟疑地与维德握手之后，便很快地离开了。维德在后巷来回踱步，心情如此绝望。很多次，他努力地告诉自己："维德，快乐点。"但没有任何效果，他仍然感觉到挫败、绝望。"刚才并没有发生什么可怕的事情！"但无论他怎样安慰自己，强烈的挫败感依然压着他。他从城里走到城外，走累了，便站在城外俯瞰这个城市。

之后，他动身回家。他将自己扔在床上，尽情地张开四肢，直到他好过一些。之后，他祝自己一切健康。

"谢谢你！伙伴！"维德说。他习惯和自己的身体互为伙伴，因为他和他的身体相处很和谐。

在他感觉身体得到完全放松之后，他看到桌上有一封信。按目前的状况来看，这封信来了很久了，好像是石女士写的。

"你这个恶魔，魏斯太太根本不需要在任何人面前低头。我很快就会来找你，责骂你一番。……你准备接招吧！"

"我不知道你竟然还有让人心烦的能力。"她一上来就批判道，"你就等着坐在被告席上，好好地反省一番吧！……你要主任夫人给你什么？……你理智地再说一次。……我们的谈话必须是理智的，这是我的想法。不需要辩解或反驳——"

"她毁掉了我们之间的婚姻——"

"我亲爱的先生，我们必须要严肃地谈谈。……因为这事关乎一个毫无瑕疵的女人的名声，我真的需要唤醒你的良知：你们可订过婚？"

维德神采奕奕地躲过这利剑般的语言，没有答复。

"你在想什么呢？……你们是不是有和订婚仪式一样的爱情仪式？这也许对证明你的言论有所帮助——或者说是一个爱的承诺？约定？一个纪念品？一个吻？我说，什么都可以。"

维德再次焕发精神，躲避掉攻击。"没有！没有！没有！"

"你好像搞错了，你们只有几句简单随便的交谈而已。恰好当时我就坐在她旁边，我们一起在园中拔草，她就只是唱了几首歌。……也许你们有信件沟通？"

"一封也没有！……一方面是我放不下尊严；另一方面是她自己也非常谨慎。女人常常很迷恋用书信来交流，而且她们对于自己所写过的话会牢记于心。"

"是呀，那你们到底是怎么回事？你必须帮我这个有点反应迟钝的脑袋去理解你们的事情。"

忽然，他脸色变了。他的表情像见了鬼一般，既古怪又深沉。

"那是一个遥远的梦想之会。"他颤抖地说。

"抱歉，我和你一直在针锋相对，但我也听主任夫人说了一些事。而她从不会说谎——"

"我也不会说谎啊！……那就再说说梦想之会吧，当然我说的是超越肉体的。"

石女士没有留意到维德此时的神情，她正想挪动椅子，但是一听到这个，立刻抬头瞪他。"超越肉体，我希望你，我是说——我该怎样理解这些事？"

"你说得很对。这是两个灵魂的结合！你镇静些！我很正常。我和正常人一样对身边的事物拥有着辨别能力。你那不相信的眼神是什么意思？你觉得是思想麻木的人会考虑得多，还是有识之士考虑得更多？我是说那些幻想。"

"你赞同幻想？"她申诉般地大叫。

"好比一些事，例如，你会有理想、回忆和爱情的神往，还有像闪电一样闪现在艺术家脑海中的意象。这难道不是幻想吗？"

"请不要狡辩，要直视问题。艺术家在回忆和创造艺术的时候，当事人很明白那是幻想。"

"我当然清楚。"

"感谢上帝,我松了口气,你刚才那样说,我差点以为你的生活和行动会受你的幻想支配。"

"其实,我做的就和你想的一样,我正受幻觉支配。"

"不!你不能这样!"她大叫着阻止他。

他朝她鞠躬。"我深感愧疚,只是我已经做了。"

"可是,这是发疯!"她大叫。

维德笑着说:"发疯是什么,请告诉我?'内心的修养'和'社会的经验'两者相比较,我更在乎内心的修养。我会让自己做一个有修养的人——理智?上帝?外加发疯?如果一个人的内在修养受上帝或理智支配时,也是发疯吗?"

她很震惊,他说的每一个字都敲打在她的心上。但维德仍不罢休,继续努力地说下去:"唯一不同的是,其中有些人不明不白地、盲目地跟随幻想。但是我必须看得和你看到的一样真切,像画圣母升天图的画家那样真切。如果'上帝的手指''上帝的眼神''大自然的声音'和'命运的呼唤'被单列开——那么这些被肢解得四分五裂的博物馆藏品,我该怎么处理?不管怎样,我要的是她全部面貌,一个整体。"

"你没有那种勇气和魄力,"她失望地叹气道,"你根本就是推卸责任。这种精致细密、高深的设想,只说明你的脑袋比我们这种弱女子强了何止百倍。在这种概念里,我不想牵扯别的什么。我只是对你的决定感到遗憾,替你感到难过。"

维德用手扶着她的肩说:"我最最亲爱的朋友,是真的。你未曾了解我,你也从不允许自己明白我善良的暗示。为了证明索伊达最早先和我约定。相信吧!你那种需要用结婚仪式做证明的想法——

只不过是你担心我因为害怕婚姻放弃人生幸福的借口。看看，你居然在点头！"

"可是现在还不能看出来。"她缓和了一下语气说。

"不！我真的是无能、畏缩，因为我无法做决定，这就是意识上的一种逃避。只是我再也无法忍受你对我的那些错误看法。所以，将你的一些证据告诉我。你应该有准备了吧？"

"当然，早已具备。"她喃喃地低下头说，"我用不着假装。因为谈这个话题真的让我很痛苦。而且我也不知道回忆起这些老故事会有什么益处。只不过——假若你想——"

"这不是我想不想的问题，而是必须！"维德转换声调后说，"不是因为畏缩和愚蠢让我丢失了机会。只是当幸福在我身边驻足的时候，我没有及时地抓住它。因为我明白我的选择。珍视深思熟虑后婉拒的幸福。这虽然是个很艰难的选择，但我的决定是成熟的，有大丈夫气魄。现在我要告诉你我抉择时的情况。"

说过这些后，维德停下来，吐出一口气。这一口气好像延绵不断。她抬头看他。维德在她面前颤抖地站着，紧闭嘴唇，因为心中的暴风雨正冲击着他。

"不！我不能告诉你我的故事。"维德最终艰难地说出这句话。这话是如此的深重，他只能靠着钢琴来支撑自己。

"哎呀！"她迅速地站起来，及时地扶住他。

只是过了一会儿，他就恢复过来了。

"我的决定没错，我知道我的决定没错。如果再给我一次选择的机会，我相信我的决定还是会一样。"他抓起自己的帽子，握着她的手吻了一下。"我会将这一切写给你。"她在感动的包围下，送他到门口。"好！只说这些就够了。"她努力使自己的声音听起来显得平淡，"好！为了我，你把一切都写下来。"

"你明白，对你造成影响的任何一件事情，我都会关注，我更明白，即便我不是一直了解你甚至误解你，但是我从不怀疑你生命的诚恳、勇气以及智慧。"

"谢谢你，高贵的朋友。"维德握紧拳头热情地说，"你像甘露一样滋润我的心。"

"即便我伤心至极，但没有人会相信一个人格崇高的人，会做这样的事。"她仍不甘心，生气地大叫。

维德惊呆了。他迟疑地回应："不会有人做你想象的那种事情的！"这时，她挣脱他，快速地走上楼梯。"还有一件事，你会公正处理吧？你不会对她造成伤害吧？"

他苦笑："我不会伤害任何人，哪怕对自己伤害更多。"说完，便离开了。

"你是个危险分子，让人厌恶，你只会伤害别人。"她一边在他背后低声地怒吼，一边躺倒在软椅上，试着让筋疲力尽的身体得到放松。

总括而言，他回到房间写下他的悔过。看呀！写作就像是一种让他难过的毒药。在反省的同时，他也觉得在他遗忘的回忆中，似曾相识的欲望被唤醒。为了抓住这次机会，为了守住他神圣的秘密，他要让自己的想法独树一帜，变成无法动摇的事实。因此，他咬牙坚持，气愤地反抗着各种逻辑思维，像是发高烧一样，奋笔疾书。他写道：

致马莎·石坦巴赫女士：

虽然贫乏的散文体是对写作的不敬，即便我咒骂这种散文式的文体，但是我的故事必须用这种文体来诉说。

题目：我的抉择

今早收到了你的来信，以及信中夹着的索伊达的照片，让我幡然醒悟。我确实可以回答你的所有问题，但是长时间没有回复会让人误以为我放弃回信。我知道你的下一次评判会更激烈，但是我也知道我的生活多么严肃艰辛。今日得有必要做个决定了。通过这张照片，我仿佛又看到了索伊达的许多鲜明活泼的形象。而现在，照片中的她也看着我。

在这封信中，你特意要求我要有个明确的交代，而且你说你会包容我的任何答复。但另一方面，我明白，所有的拖延都会被解释为背信弃义。我知道拖延的后果，只会得到你更多更激烈的批评。

这是严肃的一天，应该做个了断了。我注视着照片，无数个正义的眼神也注视着我。不愧是被拣选的处女，眼光如此纯洁，她的美丽和忠贞让她显得与众不同。——我们之间当然有很多回忆，只是这些回忆被彼此独占着。在接触许多事件后，一切依然没有头绪。（没有行动！一无所成。）另外，这一切进行得是那么浪漫，所有的时刻都是我宝贵的回忆。她满是灵动的亲密眼神告诉我：你是我的希望，是我无上的快乐。最终能得到她的人是值得欢喜和庆贺的！从照片中，我依旧能读到她的潜台词。这是极致的代价。就像你在信中说的那样："你会为此付出代价。"

每当我被日常琐事烦扰的时候，我就会悄悄地看一眼照片（只是偶然瞧一眼，是忙里偷闲），只想沉醉在她那深邃的眼眸中，只是为了品尝女性那永不褪色的美丽的奇妙之处。我在自己内心的秘密中畅游。

但一天深夜，我一个人坐在黑暗的房间里。即使在黑暗中不能看清她，但我还是把她的照片放在身前的桌子上。我面色忧郁地看着照片，敞开沉寂、空旷的公寓里每个房间的窗户。听，鸽子那充满旋律的咕咕声从漆黑的客厅中传来，还有金丝雀梦幻似的吟唱在人工吊灯亮起的房间里传来。我坐在那，思考着我的命运，好像地球两极的风暴将我环绕其中，我依旧被中心问题困扰着。有人会允许吗？高尚和幸福可以同时存在吗？我忧愁地反复思考着这个问题。因为我害怕答案是残酷的，不然一开始也就不会提出这样自找麻烦的问题了。我的心在感觉到危机之后，像暴风即将来临一样怦怦地乱跳不停。为了你高尚的外表，你要我牺牲？问题是你高尚在何处？拿给我啊！我要证明。未来的高尚？啊，谁会保证你将来一定高尚？这是没有保障的未来。

之后，我有生第一次怀疑。我自卑地回答："你知道我的心、职业、信仰和看清事物的能力并不是因为我自己发展起来的，事实是……""事实什么？是谁？"他在内心自问。"是呀！你说不出了吧，因为在理智面前，你的疯狂无法给出明确的理由。""因为你，不承认也罢，事实是，你的内心深处正耗费着无尽的心力，去崇拜一位幼稚的偶像。更严重的是，你不是崇拜众所周知的上帝，而是崇拜你幻想出来的虚假的灵魂。你利用幻想使灵魂有了形象。你愚昧地期盼，甚至设想自己能拉着猪尾巴来提升自己的境界。你根本就不敢平静地提起你的偶像。这到底是为什么？""生命的秘密？"你用华丽的辞藻修饰"信念女神"，像预言家侍奉上帝一样侍奉"信念女神"。我要你说出"信念女神"的样子。其实任何学生都认识她，包括任何第三流的艺术家，甚至任何附庸风雅的人都会认识她。她就是缪斯①，她就像慢性病一样，让人积重难返。她是个老姑婆，毫无气质可言，是虚无的教母，是一切无能之人的保护神。我应该买这种像骨灰一样陈旧的观念？甚至是从一个像你这样愚笨的人手里？为了垃圾似的学校观念，我就得用幸福交易？"你这么颓废，做什么？难道是因为我称你的偶像为缪斯？"说不准她还不够格做呢。缪斯至少会教高中生拼字，暂且不管她教得好不好。你能拼字吗？你又能干些什么？你什么也做不了，你这个30岁的老男孩，就连写句正确的句子都不行。你只是个默默无闻的家伙，并且将来你留下的任何东西都不会让人怀念。像普通人一样，而且会更严重。别的普通人都很谦卑，他们都很了解自己的职责，所以，他们感觉到快乐，而你呢？你只有深刻了解自己的职责，才能得到快乐。

危机四伏，我只能在信念女神的脚下避祸。因为我的心在试探我，我只是个懦弱的平凡人。我的心一直在恐吓我，说我以后一定会后悔。我的心不承认你的神圣性，诋毁你，说你是平凡的缪斯。因为此事，请听我说，我无怨无悔地将心中喜爱的小狗带到你面前，让你把他们饿死。今天，我祈求，给我证明，在我奉献心中最宝贵的祭品之前。证实你不是欺骗人的幻想，并且答应，我能在力所能及之内完成目标，让我重新获得力量。倘若你不答应，就不要让我这个卑微的人用自己一生的幸福去交换一个没有任何证明的口头承诺。

---

① 希腊神话中掌管艺术的女神。

我得到了一个残酷的回答：我给不了任何表征和证明。假如你想侍奉我，那你就在盲目的信仰中继续吧。

至少给我一个明确的指令。如果你说我不够坚定，那我就放弃自我意识。请你清晰明了地指使我，使我的疑惑得到解答。

又一个残酷的回答：我拒绝指使你，你被你的疑心蒙蔽，你有选择的权利，因为信仰就是踏上背负十字架的路，侍奉神的人选择死亡，这是你唯一正确的选择，假如你选择错了，就会受到我的诅咒。

左边是后悔，右边是诅咒，我焦虑地注视着天平上的数字。在发自灵魂深处的恐惧和现实的危机四伏中，那些神圣美好的回忆全部都破茧而出，化茧成蝶。有生以来，信念女神的耳语和呼吸第一次近在身旁。在丰富的想象中，我听到尘世间的传说：有一个患病的生物化作一头狮子，从世俗的山谷爬到仙境的悬崖，不仅震撼了天上的居民，而且让创始者心惊胆战，因为狮子对他美丽的宫殿造成威胁——从此狮子住进美丽的天堂。

在这一刻，我渴望加强我的信仰。让我对你的信仰如山一样坚固，将这项伟大的祭品带走吧！

"我是凡尘中的乞丐，除了你那些没有证明的承诺外，我什么也没有。"我吼叫着，"让我变成这样吧！"我悲痛地放弃自我的控制权。

我的心在做着最后一次绝望的挣扎："她算老几？你要为她等待？你要连心一起牺牲了吗？你的本性同意吗？你的良知允许吗？"软弱的我，在听了这些话之后，意识再次软弱下来。我的心继续铿锵有力地说："她能感觉到什么？她又怎么想你？对你有什么判断？假如你放弃她，她就会恢复软弱无能的原形，同时她也会觉得你是愚笨的、不识货的蠢货，不能辨别她的真正价值。一想到这些，她就会轻视你。"

这种想法真令人无法忍受，我可以牺牲，但是不允许他人的错解和侮辱。我心神不宁、不知怎么办，因我已完全累坏了。挫败、疲劳席卷着我，让我的大脑停顿，想不出一个好办法。这个时候，影像出现了。她的灵魂独自出现在他面前，她和最初梦想之会时以肉身向他显现一样再度显现。这一次她的影像更真切，她的模样更成熟、更庄重，她的眼神更神秘，她注视着光明。我像欢乐的鸽子一样咕咕地叫嚷着，走出黑暗的旅途。她用悲伤、控诉的眼神望着站在门槛上的我，说："你低估了我，为什么？"

"你说我低估了你？"我辩解道，"哦！你理解错了。"

"你低估我！"她说，"在这点上，你只以为我是个施舍小恩小惠的人。你抱着短视的看法审视我的性格和想法。这种短视让我成为你事业的绊脚石。""你觉得只有你才够高尚？只有你才能奉献自己的心？你不相信我能和你一样感知'信念女神'的呼吸吗？难道我欣赏不了也不尊重被拣选的人？我对你所要抉择的事没有分辨能力吗？你不相信我是有感觉的，我是可以了解的？我要在草甸荒原、崇山峻岭中成为你永远的伴侣，成为你的勇气。比起凡俗的忙碌的母亲和生儿育女的奇迹，在美丽山谷中成为你信任的伴侣要更好，这才是我永恒的快乐和幸福。来呀！让我们一起许下心中的愿望，在信念女神面前定下我们的婚约。我要变成你的信仰、你的爱、你的慰藉，你是我的骄傲、我的荣誉。让永恒不息的时间瞬间变成一种象征，使其在永恒的流动中永垂不朽。"她用充满愉快和感激的声音说:"柏拉图式的爱情,是我最向往的了。"

我们决定这样做,在信念女神的脚下,一起许下心中的心愿。我从她头上取下花环,她从我手指上取下戒指,把它们和其他东西放在一起。我俩并肩站立,空灵又裸露的灵魂宝藏,像两株已经光秃秃却依旧挺立的树。

我大喊:"我生命的真谛,我生命中的信仰啊!一切成真了,看啊!对你的献祭已经完成了。"

信念女神的呼吸慢慢地显现出来,因害怕黑影,我深爱的她跪在地上,怯懦地用手蒙着脸。严苛的女神说:"我的成功者,给你赐福!因你做出的决定是正确的。这就是我的祝福:'你将用高尚和伟大为印记。我要让你从平凡的、没有印记的人群中脱颖而出,你再也不必碌碌无为、默默以终。这黑色的印记让你有了自我了解的能力。这种能力会一直存在。不论是错误、愚笨、批评、呼号,遭人轻视的任何时刻,我要让你的未来是永恒快乐的。倘若你感觉不快乐,就是侮辱我,跪在你身旁的那位是谁?'"

我回应:"这是我高贵的女性朋友,你虔诚的女性拥戴者。她和我一样奉献了自己的心。请您也接受她吧,像接受我一样!"

"站起来!"信念女神给我的女性朋友下命令,"让我看看你的脸。这面孔可真美丽啊!继续保持这副模样!我把你当作自己的女儿,而不是低贱的佣人。低下你的头,我的女儿。我要让你清楚地了解我接下来进行的仪式。"

她鞠躬,女神赐她名为"伊玛果①"。

"现在!"信念女神最后说,"你俩握手,我要为你们的结盟祝

———————
① Imago,即"意象"的意思,也就是小说中"信念女神"在凡世间的美丽女儿。

福。"握手之后，她说了祝福："我以高贵的圣灵之名，以人类高端变幻莫测的法则，更高的永恒之名，宣布你们今生今世结为夫妻，无论幸福还是痛苦永不分离。你们的灵魂会交融在一起，你是她的名声、光荣和高尚，而她也是你的快乐和甜蜜。"说完之后，信念女神消失了。再一次，我俩独处了。

"对你来说，牺牲是很困难的吗？"伊玛果微笑着说。我大声欢呼："我生命中的权柄，请怜惜我，猛烈地浇灌我吧！"

到伊玛果离开的时刻，离别的情绪从她的表情中流露出来。

交谈过后，离别也变得愉快欢乐得多了。现在，我伫立在我的黑色写字台前很久，聆听着大海般的回忆的沉重回响，那回响一丝不落地倾泻在我的胸前。梦想之会的宴会太过美好了，在我的四周缭绕着，久久不散，像在教堂做完弥撒一样，让我长久地不能自已。

次日清晨，仪式完成后，我们开始了幸福的婚姻旅行。婚姻生活的第一天迅速地过去，像一首两重奏，只是她的声音比我高，因为我时常为了能倾听她唱歌而停下来（此外，我必须经常低声以便偷听她美妙的歌声）。我与她在信念女神的山林间跳跃。这个境界比现实更真实，比梦幻更深远。在这境界里，现实对于我来说就好比人类与动物的关系，梦幻对于花来说就好比花香一样，一切都是这么的自然。回忆和直觉包含在信念女神的幻境中。这时，伊玛果欢快地大喊："亲爱的，你将我领入了一个多么宽阔无限的世界啊！我的眼光很诧异，因为对我来说这一切都太惊奇、太陌生了，但是我的心真的很欢喜，我会把这里看作是我的家乡的。"

有一群属于另一个民族的人，他们比平常人更加友善，他们会在山下为我们张开友谊的、关爱的怀抱，热情地欢迎我们。当我被繁重的工作压迫时，她会羞赧地偷偷送礼物给我；当我烦躁时，我能从她的眼神中看到无尽的担忧。"这是多么骄傲的事情啊，被你这样的人爱着！"她的眼神这样告诉我。而在我休息的时候，我会像所有的平凡众生一样开妻子的玩笑，与她玩耍，给她起各种各样的滑稽昵称，甚至在地上摆盘子和叉子，好像她真的就在我旁边。伊玛果高兴地笑："我们变成小孩子了！""你怎么看待这种奇迹？""我从来没有这么快乐地开过玩笑。"

　　因为拥有这一切，我变得知足、和善。人们会惊讶地看着我："多么快乐！多么幸福！你变可爱多了！"我像一株树，长在空旷、阳光充足的原野上，并被允准把枝丫伸展到四面八方，结满硕果。

　　我继续保持着这个状态，不在时空的界限内，享受着这持续不断的幸福，直到那一天，索伊达背叛的事实无情地展现在我的幸福面前——好比一头猪撞进用泥巴做的墙里。摆在我面前的是一张她和陌生人的结婚请柬。没有半句友善的话语，丝毫没顾念过去的情谊，事实就这样被摆放在眼前。真相被无情地揭露，并且来势汹汹。我内心一片冰凉，我将请柬丢在角落。没有一丝痛苦，盘踞在心中的只有对背叛者的愤怒和目睹小人举动时的忧愁。这种感觉好像一个心情起伏不定的人弹钢琴时，手指突然碰触到蹦跳在琴键上的癞蛤蟆。这种事十有八九的人都会遇到。雌性动物都像被诅咒一样放弃自我选择的机会，她们被家庭的琐碎事情缠绕着，为了能摆脱这种困境，呼吸到新鲜的空气，就选择嫁给第一个遇见的年轻人。

　　这种情景我曾惊讶地看到过。渐渐地，我也在小人的举动中由惊讶变成绝望。就像在小时候，看到一只螃蟹："怎么是一只螃蟹？"这时，我禁不住大喊："一个人怎能放弃他想要的荣耀啊？"

"在她不顾羞耻地堕落后，还要搭上我的幸福，要我陪她一起腐烂？"我忽然大笑起来，"天大的笑话，我为你付出的一切，在你订婚的那一刻，我就已经全部撤回了。你所有的高贵伟大的形象，包括爱、友谊，甚至幻想，都在我心中消散了。消散的不仅是她的样貌，而是有关真人索伊达的一切。从今以后，她是一个和我想象的完全不同的，一个陌生的某某（随便什么名字）。唯一可以确定的是她是只鸟雀，只是千万城市中叽叽喳喳的其中的一只。我捡起那张卡片闻了一下：毫无疑问，那味道'平淡无奇且庸俗'。她和其他人一样庸俗，她也决定结婚了（可能在不幸的爱情突发之后，女人都必须经过心灵的痛苦通往祭坛）。在一群可恨的、如蜜蜂般群聚追随的人中，她找到了值得她攀附的新生儿，认为对方会接受——至少如果是我，我相信我会接受——可是她不只是要俘获我！更可怕的，她竟想……因此她逃之夭夭，并用神的名义选择了另一个人。"一般故事都会这样。她也一样——俗人一个。"忘记吧！我亲爱的某某，从此你的名字就是虚无的代表。我现在做的一切事情都能为我证明。这就是我对你做的。"我撕碎请柬，将碎片丢入废纸篓里。

现在我要深入虎穴，拆穿谎言。我拿起照片，想同样地将其撕碎。但是在这永别的时刻，我仍旧忍不住再看一眼。这双眼睛多会骗人啊，深沉、意味幽深。春天是女人青春洋溢的日子，这时的她们没有一丝高贵的气质。而在此时，照片悲伤地哭泣。"不，撒谎的不是我。"她哭着说，"在那时，这张照片反映的是我的高尚伟大和纯洁，那是真实的。曾经这双注视你的眼睛也确实追随着你。我将灵魂的渴望都寄托在你身上，也将所有的希望全部注入其中。而欺骗你的是后者，她是一个和我完全不同的人。但是她骗你，也不是有意的，更不能说她是无耻之尤，她只是太过软弱和平凡了。当一切恢复原状时，她会意识到自己的错误，她会十分地愧疚，她会回到你身边。我们不能断定这一刻不会到来，不是吗？请拯救我的形象，不要让我的美貌被印上罪恶的印记，像堕落天使一样蒙羞。"

这时，我为刚才的想法感到愧疚，我像是拾起一位已过世的亲人的遗照一样，拿起照片。但是我再也不愿意承认，一个不守信、不忠诚的人还会是美丽的。从此，我要叫她苏玉达。她是虚假的、不忠诚的代表。

那晚，我骑在一匹很活泼的马上做夜间锻炼，听到在我后面有人跟随。我马上知道是谁，因为我一直在等着她。"伊玛果，"我哀求她，"为什么骑在我后面？而不与我并骑？"

她回答："因为我配不上，因为我蒙着那张不忠贞的脸。"

我说："伊玛果，我的新娘，不是你戴着她的面孔，事实却正好相反。所以，来和我并骑吧！你的容貌是对我的恩惠，我的幸福。"

终于，她和我并肩骑乘，但是仍然将脸埋在手中。我温柔地从她脸上移走双手："你这么美，这么高尚，这么精神奕奕啊！请看着我。不要在意那虚伪的另一个人。"

她正视我，眼中流露出感激。我俩一如既往地齐声欢唱。她的歌声比以往更加美妙。除了那一点能让人闻之落泪的类似于正在受苦难的天使般的神情。在歌唱中，她的嗓音突然破开，她开始用喉咙发出一种像一只垂死挣扎的天使般的尖叫。她在马背上摇晃不定。"哦，我被诅咒了！我病了，我的背后被人刺了一刀。我不能再歌唱，放弃我吧，你可以寻找一个新的伊玛果。去寻找一位能在唱歌中对你有帮助的新人，一位健康、强壮、有纯洁面容的人。"

我哭了。"伊玛果，我的新娘，我不会在你生病时离弃你，因为我们已经在信念女神面前发誓，永结同心。因此你的容貌代表着一切崇高和伟大。听我说：虽然你病了，而且心情有些忧郁，但是我对你有深沉的爱。这爱不论痛苦还是欢乐，都会一直存在。"

她说："哦！倘若你不肯离弃我，你就会遭到不幸。从此，你只会因我心痛。"

我回答："带给我心痛吧！我珍爱的新娘，我不愿离弃你。"

所以，我与生病的她重写盟约，一如既往。只是她的声音已经不再，痛苦充满她的双眼。

因此，直到今日，我的新娘一直是她，我不愿离弃她。即便她已哑了、病了，但就算这样，世界上的任何财宝都没有她更珍贵。啊！勇敢！挑战！自由！我的所有和信念女神都属于伊玛果，她是我的事业、工作和憧憬。此外，她还是我唯一的爱情，其余的都是垃圾。世俗的女人都是路边的一汪水，饮过之后，在礼貌性的感激之后就遗忘吧。在她们之中我看到一些光明面，也看到黑暗面。光明面是趣味盎然、活泼的；黑暗面则是肉欲和贪婪。但是她们的名字我从来不会记住。我只记得一个虚假、伪善的叫作苏玉达的女人。她让我的索伊达忧伤，让我的伊玛果生病。我要报复，我要讨回公道，我只想在众目睽睽之下目睹一次她的虚假，然后让她在我面前羞愧得抬不起头。这是我合法的权利，更是她应有的惩罚。之后，我就心满意足了。我希望她在家庭这个泥淖当中过得快乐，希望上帝给她的婚姻赐福。

写出这些。真没有什么好写的了，就这样吧。

你真诚的维德　敬上

当晚他亲手将这封信放入信箱。次日七点，他就收到了石女士的回信。

我亲爱、尊贵的朋友：

我用心去读这封信，正如你用心地写。看到你这些令人惊讶的忏悔，我很高兴你对我如此信任，这封信就是很好的证明。但在我们谈论这封信之前，让我先澄清一下一些令人困扰的事情，一吐为快，好吗？你绝不是正常的，难道你相信一个女人会对她完全不知情也无法知道的事情负责？一个只发生在你幻想中的梦幻婚礼。你不能这样做，因为这样既不合理也不公平，甚至是可恨的。对魏斯太太而言，"索伊达"的名字难道是真的？若人性是一片黑暗，那么她就是唯一光明磊落的人。我不知女人用"伟大"来形容合不合适——但我们有其他的气质——即使我们真的伟大，但有谁对伟大负责呢？可怜的人呀！她必须接受成为一个愚蠢男人的忠实伴侣的责任，她对这种职责再清楚不过了，为了能让他幸福快乐，成为他人的模范。在这个偌大的城镇中，我再也找不到比她更贞洁、更无私的太太和更好的母亲了。所以，我要再次控诉任何一个要求她低下眼帘的人，她根本不能被胁迫。我顺便说，她也不会低头，这在预料之内。所以，我们假设真的有另外一个人（即她）体会到了梦想之会的梦幻——那她一定是超凡脱俗的，你会全身心地爱她，我说的是如果真的有一个女子和你有相同的体会。但是她并没经历到这个梦想之会，她感觉不到，她没意识到也不是她的责任。说完这些，我们再重头讲说。

是的，我全心全意真诚地读了你的信，深受感动的同时也有一份迷惑、震撼，但是我告诉你，你给我的并不是我想要的清晰的理由，你无法说明你必须要这样做的原因，因此，我很疑虑和困扰，我不能想象一个混合着圣洁和幻想的灵异世界。那么，你能解释吗？这到底是怎么一回事？索伊达、伊玛果和苏玉达，我想这样的东西我无法接受，你自己收着吧，拥有相同脸的三个人，一个不存在，另一个死了，第三个不知所为何物——我快不能呼吸了，我是要害怕你还是羡慕你呢，我不知道。我很抱歉，我知道你对这个词很厌恶，但我还是要用"拉比^①"称呼你。你就是个"拉比"，无论你怎么反驳，但用先知和预言家称呼你会更讨你喜欢——一个颂扬伟大诗篇的人，虽然在我的内心深处，我绝对相信你是一个桂冠诗人。随你怎么称呼，无论是叫伊玛果或信念女神，还是其他的名字，我可以肯定你一定是天才的兄弟，是神秘的鼻祖和源头，但有些事对成熟的男人来说应该不是幻觉。你是个善解人意的天才，你做了件伟大的事，你把个人的幸福和生命当作祭品。简而言之，我相信你的信念女神和你的幻想朋友。在你的信中，你可以预见未来的伟大，我一直都不敢相信会发生的事情，现在我绝对地相信了。你的故事使我像看到了永恒的艺术作品一样非常快乐。假如我不是你朋友，若我没有受到情绪的干扰，读你的信会很高兴，我还会关切你的人性是善良、邪恶或幸福的。但是现在恐惧占据了我，当我明

①犹太教中的老师或者智者。

白你要为你美丽的幻想世界付出多少代价，承担多少的痛苦，当你回到残酷的现实世界时——请原谅我，我用女人的字眼来描述——喔！啊！我找不到合适的字眼。这使我很困扰，这种恐惧让我不知所措。

直到我读了你的叙述，我还是不相信在人类中会发生这种经由幻想延伸的幸福。我很钦佩你能在经历过这么漫长的旅行后还能在信念女神的指引下找到自己的路，甚至能保持自己的两种品质，但很抱歉，这中间应该有误会，你现在出现在这里其实是不对的。你不要误解我，我不只是为自己想，我是为你想。原谅我，我不能被你蒙蔽，我要保持清醒。你说你只要再见一次魏斯太太就好，为什么你要再见她一次？因为你无法忘却，这真令人遗憾。我真心祈祷你能够忘却，因为当你在碰壁的时候，你就会彻底地死心。

你看我还画了一条线在"死心"下面。你这样做只会为自己带来额外的痛苦。不过这件事情都怨你，因为女人不应该扮演这样的角色，任何人都无法支配她。再也没有比你更可怕的人了，我希望你能保护自己，不要带给自己悲伤、绝望和痛苦。请你接受来自朋友的真诚劝告，尽管我知道这不会起什么效果，但我还是要做，因为若非这样我不能原谅我自己。不要去见她，离开这个危险的地方，越快越好，与她保持安全的距离。你可以和她再度合唱，伊玛果会康复的，会重获新生，我一点也不担心此事。而在这里，你只能给自己制造麻烦。请认真听我的话，我了解魏斯太太，我相信她能掌握现在的情况，如果是在过去，她那种自信的神情会让我害怕不已。认真听我的话，她的心，甚至一块碎片，都已经属于别人。

再爱一次，你不会奢求这个吧？这点你再清楚不过了；友谊，你也不会接受，因为你出现得太迟了，而你所坚信的灵魂结合，对她来说太早，因为她现在太年轻、太幸福，她不会依赖于你的精神力量，这种诱惑她是不会上钩的。谁知道"梦想之会"，谁还知道信念女神的呼吸，还有怒吼狮子的故事，我这样说吧，请不要轻视一个女人的贞节观念。我很珍视她，因为我相信她是一位好妻子，但是我更相信这个妻子和你说的妻子，这两种角色需要全然不同的气质。因此再次劝告你，赶紧离开这个危险的地方，因为看起来你想要做一些让别人看不起你的愚蠢之事，也会让你自己后悔。

如果你一定要这样肆意妄为，天知道他们会给你准备什么呢！而我呢，作为一个软弱的人，除了祝你好运之外，不能给你更多了。希望你能达到你的理想目标——更希望有一天你不用付出悲惨的代价就能达到。所以我不想再见到你，请代我向你的伊玛果问好。

你忠诚、友爱的仰慕者

马莎·石坦巴赫　敬上

附记：不要让一个已婚的女人对你要花招！

这封信或许没用，但是看完信之后，他说："难道没用吗？一个人在听了别人的忠言后，总要有所改变。而且我认为这件事情你说得很正确，我在这里做什么？这位已婚的女人和我有什么关系？结束了，就让它这样吧，我躲开她，我离开。但是我的意思是这必须在我拜访了老同学和朋友之后，我当然会避开她，从她身边逃走，像善良的基督徒小男孩匆忙地在诱惑面前逃走一样。我为什么要这样做，如果命中注定我们要相见，而不是我去花费心力制造出来的，那么她就要遭殃了。一个极小的愿望，但我希望这种奇迹出现。"

大失所望

　　他的老同学们都在小镇上混得有模有样。在他们之中，有很多成为教授、上尉、职员、中央官员、制造煤气管的商人和州立森林场长。而且大部分已经平安顺利地结婚，心满意足地拥有了一个微凸的肚子。真是一个也没有落下！他们都为社会贡献了力量并受人尊敬。而他呢？34岁了，没工作，没立足之地，没有声望，甚至居无定所。在别人看来，他一无是处也一无所有。哎！当他们问起他当年拥有的天赋时，他的心就隐隐作痛，"你还能和过去一样画出美丽的画作吗？""你的音乐呢？"啊！在他为信念女神侍奉的时间里，他的天才禀赋都枯萎了。为什么？为了未来翻身的机会和富贵荣华？他永远是只谈论未来，从来不谈论现在。对他来说，那传说中的未来应该快来了吧，他都已经34岁了。

　　"你还有印象吗？"李陶尔警察上尉询问他，"你还记得教我们德文的老师——矮子费滋吗？现在他的书正在报纸上被热烈地讨论呢！但可怜呀，这一切对他已经没有什么用了。可怜的家伙又老又多病。"矮子费滋对维德有些小恩惠，在他因不良行为被老师联名开除时，曾经帮过他一次。"不良行为？"应该用"叛逆"更合适。他迫不及待地去探望费滋，但是他只找到了一个蜷缩在床上的支离破碎的生物。

病人有一副漠不关心的面孔和一双空洞无神的眼睛，很困难地转头看向来访的人。他花费了很长的时间去观察维德的脸。他毫无敌意，只是好像一位自然学者看见一条罕见的毛虫，迷惑而惊讶。在被审视的时间里，维德支支吾吾地说出了他的感激，因为他不是位高明的语言者。费滋根本没有注意他说话，只是继续审视他的脸。最后，他用渴望又忧愁的声音说："你也如此？我不知道应该是祝福你，还是向你抱怨什么。你刚才说什么来着？你说你叫——人应该学着把自己的名字说清楚一些。"这时，他的嗓音变得高昂，好像专门提醒他，预言一个让人迷惑的谜语："他们只相信老人，他们只接受同时代的人；只有女人才会追逐成功。在我们死了之后会出现一个种群，只有他们会意识到你的伟大之处。去吧！我亲爱的朋友！以你现在的地位，你不应该和我这么一个糟老头在一起。你要努力满足自己的需求，并克服自己的困难。不要为我操心，希望你一切顺利。哦，顺便说一句，你的到来是我最大的安慰，谢谢！假如我说的和你想的一样，会有一个被挑选出的种群。唉！你走吧！我求你赶快走。"维德尝试着多留一会儿，但老人家不允许。

到现在为止，维德还没有见过索伊达。这个心愿只能在旅行之后才能达成了。在结束对官方顾问凯勒的太太的拜访之后，他就能旅行去了。启程的时间暂且定在星期一，最迟是星期二吧！他已经给凯勒太太打了两次电话，但是都没人接。现在，他尝试第三次打过去，她还是没接，好像并不是故意的。"好，星期一早上走吧。"后来，他收到一封她亲笔写的邀请函，希望他能在星期二去喝喝下午茶。"下周二理想社的聚会轮到我主持，你会发现一群有意思的人。很可能还有音乐会。"

"音乐会。"他念叨着，"音乐是最高级的娱乐！有意思的人，理想社！"——节目单上所有的节目都很枯燥，而且星期二他就必须离开。但另一方面，他不愿意拒绝一个高贵的女士的要求。他对这位女士有些责任，因为前不久他欠了她一些人情，但事情倘若真的必须这样，除了有些不心甘情愿也没有什么损失。

顾问太太一如既往地热情招待他。她神情有些匆忙，注意力有些分散。"我们在等着克特的到来。"这神情，好像她正偷偷地说出逾越节彩蛋的隐藏之处①，声音快乐而柔和。

"克特？好像在某处听过这个名字。""你一定得知道克特，"她用极其尖锐的声音说。但是对于久居国外的人来说，可以原谅这种"无知"。之后她开始唱起了克特的赞美曲，那种只用心做判断的女人唱的曲子。各种各样的才华、禀赋……用一条金光闪闪的扣子把七大串长项链联在一起。"总之，天才！绝世的天才。这样的一位人物——同时——又有让人感动的谦卑。"——"好，既英俊又潇洒，真是令人爱慕。"——这样……那样……维德笑着，没有一点变化！这就是顾问太太。她一旦喜欢上一个人，总是用这样的高调谈论那人。他还猜测到邀请他来只是为了在群众中滥竽充数地扮演一个普通的仰慕者。这一点让他有点泄气，他几乎有些后悔参加了。

她的语气忽然直转而下，将声调从歌剧家降到普通演说家。她

----
①西方国家在逾越节时将涂了彩的鸡蛋藏起来，让孩子去寻找。

用毫不在意的声音一带而过："今晚他的妹妹也在,我相信你们已见过。她就是魏斯主任太太。"

"啊!哈!就是现在了。"

深呼吸后,他将他复仇的器官武装起来,不容许出现一丝的慌乱,要仔仔细细地分清楚,眼前要见的这位不是梦中佳人伊玛果,也不是索伊达,而是背叛者,不忠贞的苏玉达。嗨!里面那位仁兄,再要我抓到你扰乱我的脉搏,我要你好看。武装起来,穿戴好盔甲后,他走了进去。

事实上,坐在那里的女人不就是早已失去贞洁的她吗?她手里拿着一个本子,身体前倾。她仍然拥有和索伊达一样的美貌——可这是盗取梦中佳人伊玛果的。她居然毫无羞耻、毫无愧疚地在不贞洁的诗篇中畅游。但她俩是多么地像啊!只是这女人怎么能这样安之若素?维德看到这幅景象,血液流动得越来越快。像踏着圆轮转动的松鼠。他的耳朵里响起了一种类似于闹钟掉落地上并持续不断吵闹的声音。"哦!上帝啊!救救我。"维德急切地祷告,"啊!上帝,你在哪里?"但上帝没有降临,维德只能在自我介绍中浮浮沉沉,并且用礼貌的鞠躬作为结束。但是对方会怎样接待他呢?现在,她的眼神漠然地看了他一眼——是那种看陌生人的眼神。她站起来只是为了应付,只是顾及礼节,然后她又埋头去看她的记事本,既平静又轻易。"就是这些?"他面无表情地说,"不只是这些!"摆在她面前的是一大盆搅过的奶油,她用温和欢喜的眼神看着——她害羞地环顾四周,在确定没有人后,偷偷地吃了一小勺(谦虚的,极少量),最后她变得比较勇敢,接二连三地吃了四五口。

她就这样对待我!在气愤难平的心境下,维德恼羞成怒,用大胆的眼神瞪着她的脸，直到他的理智扯动他的衣角，"维德！这是你的痴心妄想，即便她观察到你所扮的鬼脸，你也是掩耳盗铃，愚弄自己。"后来他只能放弃，用一种好像在手术台上被麻醉，等待别人的宰割般木然的神情看着她。他内心骚动不安，想象着面临的下一次宰割的工具是什么。是刀子呢？还是剪子？因此，维德站在那里，呆若木鸡。他现在一点也不想关注别人，但是别人零碎而不连贯的谈话不断地传到他的耳朵里："异端教徒地区的路比天主教徒地区的好。""即便他无罪，也是罪。""克特也在那里吗？""天才永远都是乘风破浪的。""克特今天过得好吗？"

她会和他讲话吗？她会说什么？用充满灵性、被人钟爱的声音？维德等待着未知的结果。但是，等下，请安静，她竖着耳朵倾听这边的谈话。突然，她的眉头皱了一下，黑色的眼睛眨了一下，张开嘴："哎呀！乱说，谦卑有礼的人多少都有些做作。"

这真是句令人意外的话，让维德大笑。她缓慢地往这边斜看他一眼："你，至于你——"她的目光中透出"和你，早已了结了"的意思。转头时，她还临时丢下了一些意犹未尽的眼神，眼神里都是暗暗的鄙视，但是他解读得很清楚，因为他喜欢翻译别人的这种眼神。"先生，你要什么？你，你为什么要对我摆出一副若有所思、深陷在回忆中的表情？你是在想以前？那你是自找的。要怪就怪你自己。我呢？你不要来打扰我，否则管教你吃不了兜着走！今天，就是现在，我的丈夫、孩子，就是我的所有，而你没有丝毫分量。"

不是剪刀，也不是刀子，而是一把锯！

狂风暴雨似的痛苦和愤怒联合起来，席卷他的脸，"她竟敢这样做？"但维德不会管这些婚姻生活中琐碎的杂七杂八，丈夫、孩子，他仍要找出梦想之会的意识。

在这时，别人的交谈再次飘进他的耳中。有个人说："你觉得今天克特一定会来吗？""哎呀，已经四点了，他来不了了。""我确定他会来。"一位耀眼洁白的官员说："在令人忧虑的烦琐沉闷的大城市中的家庭生活里，高阶层的家庭由沉闷的娱乐组成。""死板的礼节是坟墓的殿堂"——对维德来说，这十几年，就数今天的 15 分钟听的废话最多。他越来越不高兴：为什么没人注意他？他还要在荒岛上待多久，学习鲁滨孙吗？

这时，一阵欢呼声伴随着一阵窃窃私语从人群中传来，立刻，跟随的队伍也响起了共鸣。维德转身过去，寻找着欢呼的源头。他瞥见一个人匆忙地走进房间，竟然没有向任何人打招呼，也没有做任何自我介绍，甚至，在路过维德时还着实撞了维德的肩膀一下，但是没有说一句道歉。紧接着，那人在钢琴前坐下，把准备好的一本乐谱放在谱架上——他不是要……是呀！他是要，上帝，他竟然开口唱了起来。在这一刻，没有邀请，没人介绍，这个人就像疯子一样地开口唱起来，好像真的在公共场所一样。此刻的维德就站在他旁边。他"砰"的一声合上谱架，将乐谱丢在别人的膝上。这些事情做完后，这个入侵者又急匆匆地跑出房间。整件事发生得好像是一只蝙蝠飞入窗户又立刻飞出一般，极为迅速。

"这怪人是谁啊？"他向主任太太愉快地问道。他自作聪明地认为这个举动会为他赢得一阵赞许和感谢，但是看呀！四周响起一片喧哗，怨声载道。"他不是怪人！"索伊达满脸通红地咆哮道，闪亮的眼神里充满敌意。顾问太太含着眼泪，在他耳边轻轻低语，指责他说："那是她哥哥克特！"

维德用含讽带刺的绅士风度虚伪地对她说："亲爱的女士，我感到十分同情。""根本不需要你的同情，我为我哥哥自豪。"她怒气冲冲地说，"他是值得骄傲的！"

在这之后，她悻悻地离开了。大家也准备散会了，一个晚上就这样浪费了。

"一个音乐般美妙的夜晚！"顾问太太用一种无法言喻的声调说着。在离开时，维德继续自我开脱说："我根本想象不到这样一个没有教养的人，在没有任何介绍和邀请之下，就慌乱地闯入人群中。"她立刻愤恨地顶嘴："你这位自命的主持者，你是谁？他是个绝世的天才啊！"话一说完，她就愤怒地拂袖而回。

雷门——一位森林守护员，他的同学——拍着他的肩膀："维德！维德！这是一项天大的失误！"

"抱歉，绝不是什么失误而是对不正当事情的揭示。"

"随便你怎么说，反正不管什么时候，你永远也得不到主任的青睐了！"

"我们拭目以待。"他尖酸刻薄地说着，但是更多的是自我解嘲。

走在路上的时候，维德还觉得好像看了一场闹剧。这位仁兄就是自天而降，优雅、高贵、迷人、谦虚、受人崇拜，是不是这些字眼都有着不同的含义？他，天才？——可能是随地可见的万千天才中的一员。这种天才，用自家姊妹的称赞和恭维，用桂冠的装饰和亲戚的花圈粉饰出来，像偶像一样被供奉在角柜里。每个家庭都储藏着一两个这样的天才！在一群姑婆的关心爱护之下诞生的天才啊！喔，天啊！他到底跌落到什么样的陷阱里了。什么鬼话，只有这种怪胎似的陈腔滥调中才会有人注意这种天才！这些金玉其外、败絮其中的天才应该被泡在酒精里，他们把庄严肃穆的伟人聚会演绎成了牲畜展览会的开幕典礼。他们所谓的谦卑有礼是什么？

这件事好像是小孩子玩的甲板游戏。看上去他刺中了他们船舱中的领袖，而实际上受伤惨重的呻吟者就是维德。

后来他回到旅馆，丢掉那肤浅的快乐，陷入沉思中。"维德，真相要浮出水面了。每个人都要全身心地听真话并且不能泄露一句。真相是：在恺撒大帝面前卖弄气派无异于自取灭亡。你种种的疏漏，包括你的计划、眼神、正义，都被看穿，而且一败涂地。是什么导致你失败？在这一切发生后，你与索伊达之间发生过什么吗？想想吧！想好之后再告诉我。"

维德想了想之后说："失败的原因是这个小女人已经满足了，所以她不缺少什么，欲望对她来说是过眼云烟，特别是对我的欲望更是一点也不需求，甚至是多余的。"

"在她的过去里，根本没有我的存在，这也是我失败的原因，我与她的未来一定是这样的关系。她无法体会我精神的崇高性、优越性，会伤害我。因为通过精神交流，我和她在信仰上有了冲突。因此，我非常困扰，如果我要洗去她头脑中迷信的观念，就如石女士所说：只有一个字——不，她是不会吃这块布丁的。"维德不给向那副头像致敬和崇拜克特的人太高的评价。"自然法则不会允许这样做的。而事实上，那副头像是父亲，克特是兄弟，我必须挑战她的血缘和她最纯洁的崇拜。"因此——这个时候，他的思维开始渐渐地和逻辑式结论争吵起来，除了自己的声音和思维之外，一个细细的自言自语的声音从他的内心深处发出一个词——"绝望"。这好像一个导火线，突然从四面八方响起千万个声音，齐声高呼"绝望"。它们像雪崩后的雪球一样越滚越大，以一种永恒不变的绝望尖叫着，就像观众在等待开幕却被告知帷幕不会拉开时一样，越来越激烈。

维德垂下头，不甘心地接受事实。

他的理智拍着他的肩膀："维德，你已经听到人们的反抗。这和我的想法一样，甚至你自己也赞同。简单地说：这种氛围下，你是不可以留下来的！——那么，又怎样呢？——整理行李，走吧！"

"但是倘若你认为，我像奥德修斯一样怒气冲冲地回来复仇，却再灰溜溜地逃走，那么我的自尊将置于何地。你肯定是在愚弄自己。"

"你有办法让自尊好过一点吗？倘若有一天你失败了，被人羞辱，难道你要等伤口溃烂发炎、怀恨在心时才撤退？"

"我可以从任何一种形式中得到满足和补偿。但是命运欠我一个胜利，即便它叛变了，但是它必须偿还我。"

"命运不太会记账。好啦！不要用头撞墙！"

维德叹气，沉默很长时间后回答："也许你是对的。我说过了，最后我会听你的，但首先我要再冲刺一下。也许这会对我有好处，我也需要安慰。今晚，让我怀着这样的想法入睡吧，明天我再给你答复！"

他在菩提木制的床上躺下，目送着自己的灵魂离去。他感觉自己的灵魂已经消失了一大半，于是他转而痛苦地想起那些失败的尝试——只得出了一个结论：想做复仇的审判者是痴心妄想。

他的心此刻落井下石："这真糟糕，"它幸灾乐祸，"我希望你走得光荣。你不要误会，我不是想故意来影响你的决定，你只要随自己的理智走就好，它是最聪明的器官了。——这是在羞辱你，竟然要这样偷偷摸摸地离开。"

"你这一生的记忆都会像上了马鞍的马一样，摆脱不掉索伊达的影子，因此，我想你很清楚目标，你这一生不会想再看见她了，你无法改变她在你心中的陌生、愤怒的形象，就如你今天最后一次见到的那般。你将永生记住这种形象。我希望我用些友情的关爱和语言能让你得到安慰。无论你离开与否，都不能否认总会有一些美丽的东西，它们会继续在这个世界上熠熠生辉。"

"这样你会舒服一些吗（我不是说我自己，这跟我没关系）？这样的怀念对病了的伊玛果是一剂良药。"——就这样，心底的耳语般深沉的迷惑让他深深地沉醉，慢慢地，他睡着了。

天快亮了的时候，维德做了一个神话似的梦：湖中有一座岛，他看见索伊达公主坐在一群青蛙和蜥蜴中间，被魔咒困住，在这中间，克特——一位青蛙国王——充满冒险精神地上蹿下跳，"难道这世界上没有伟大的人可以将我从这群青蛙中救出吗？"她哀怨地说。在岸上，在芦苇中，坐着那位佝偻的检察官——她的丈夫，他的手跟随着旋律伸向他的夫人，鲜血自口中流出，咩咩地叫喊："救救她！"他的表情灰暗。维德的眼球不断地转着，但是维德动不了，因为这是梦。

次日他醒来时，又变得愉快、健康、清醒，身体活力充沛，自信满满。他像上战场的战士一般承诺着，"不要害怕，索伊达，"他深受鼓舞，说，"我会将你从青蛙中救出来。"他穿上衣服，急忙地爬上山。他的灵魂在山林中跳跃，他的眼睛闪闪发光。他跺了跺脚："怎么会绝望？谁说的？"在她内心深处还拥有人性，她和我们一样有一颗温暖的心，并且有一颗沉睡的种子隐藏在她的灵魂中。这是梦想和渴望的种子，不管她了不了解。她理应渴望更高层次、更崇高、更美丽的东西，而这一切是她墨守成规、日复一日的生活无法提供给她的。她被庸俗围困。只要我继续努力，无论多久，我终会用我的魅力拯救她，绝不会失败。

我的自豪让我的灵感不断涌现，通过我的灵魂将这份热火引进她的心中，突破艰险，让她摒弃盲目，让她清醒过来。她会分辨出我的价值，尊敬我无私的态度。维德继续说："同平凡众生挑战，用意志对抗迟缓，个人对抗团体，这是少数英雄才能做的事。而我的武器是魔法，我的引导是信念女神，让我们真枪实剑地比比谁是货真价实的强者。"一大早，他寻了间单人公寓。因为这魔术般的医疗过程需要很长时间，他要准备阵地。

"愿一切顺利。"深夜他回家时，他的理智告诉他。有两种思维同时进行，并且打得难解难分。他听得到它们说什么。

近处的人说："嗯，又来一个，不见棺材不落泪！"

另一个在射程外等候着，狡诈地说："因为他爱上她了，所以偏袒她。"那个思维一说完就逃往山下，维德恼羞成怒地向它扔石头。

但幻想很亲密地和他打招呼，叫维德过去，"不用管它，来，我有一样东西给你看，"它轻轻地开启一个三指宽的缝隙，"看呀！索伊达和他，在台上，很亲密地手牵手站着，看着对方，然后她对他说：喔，高贵的、好心的人，无私的人，我的一切，我不需要耍任何手段就能得到原本属于你的东西，不论爱情还是友谊，这些曾经都是你的。——这只是一个小小的片段，先让你品尝一下其中的滋味，"幻想笑着，同时拉上帷幕，"以后还有更美丽的给你看。"

沉迷在家乡的温馨地狱中

为了将他的个性展示给这位固执的女性，最重要的是能见到她，而且最好是经常见面，因为个性的展示需要持久作战。但是在哪里见呢？这个问题怎么解决？哪个地方最方便？应该是她的家了，不然要一位检察官做什么？何况他还邀请过自己。

检察官很真诚地招待他，和他花费了很长的时间来讨论科学问题，但他的太太——这次拜访的焦点，却一直没有出现，直到他辞行的时候才匆匆地露了一面。她用冷若冰霜的客气让他了解，她不愿再让他拜访了。

所以这种方法根本没效果，他必须在其他的地方见到她。他四处查找，询问与她有来往的人。所有人都有默契般地告诉他，她所有的社交活动几乎都在理想社中。他心中深深地叹气。理想社！通过凯勒太太的引见，这滋味他已经尝过了。算了，他再次对自己保证：其实，他们除了有点滑稽之外还是很迷人的，很有社交礼仪，人也都算不错！"只要没有人对我对待克特的态度有什么意见！——我也会很诚心地参加理想社。"所以他故意遗忘与石女士的约会，接受理想社的邀请，参加了理想社的聚会，耐心地筹备着一项最危险的冒险。

他们很真诚地招待他，但很快，与他们的真诚态度相反的意图让他们原形毕露。最重要的是他与生俱来的（也许是后天学习的？）孤独和疯狂，让他对任何人的聚会总有种肉麻的感觉。不论他们自称什么，哪怕是什么"理想社"。一方面他们要求每个入会者有两种资格，而他一项也不具备：第一，对文化知识有永远的热心追求；第二，永远不会满足对音乐的渴望。没有音乐，这些人就像是从沙漠中逃走而没有骆驼帮助的游牧民族一样。"你要不要弹奏一曲……"他们彼此邀请。就这一点，他就想从椅子上跳起来。甚至有人对他说："您要不要给我们来次演讲？"他们与他之间对文化和音乐的矛盾更为明显，他们对什么都感兴趣，相反的，他一点也不感兴趣（为什么他没有？因为意象画面和诗篇已经充满了他的心灵，几乎要溢出来，因此他拒绝任何外来的吸引）。

最主要的原因是：他没有他们要求的那种不拘形式的谦和，而他们所讲究的为人处世的格调，变成了极其严格的资格，是一种家庭式琐碎的责任和负担，简而言之，需要解脱和恢复、放松，是一种旧式的社交活动。另一方面他既然无事可做，还必须等待着索伊达的出现。这件事情摧残着他的生命、感情和意志，因为人的意志不支持守株待兔式的等待。

结果就是双方无法合作，都感到不自在。对他们来说，他让他们不舒适；对他而言，他们让他感到不自在。他只能做到一件事，就是隐藏起自己的不满，让自己不要成为煞风景的人。"你和我们相处得怎么样？""能慢慢适应吗？"他热情地回答："喔！很适应。"事实上，他正像一只被鱼叉叉到的鲸鱼，痛苦地呻吟着。

他们曾尝试着用他们的风俗习惯来安慰他，就像歌谣中吟唱的那样：是你自己的失误。维德对这种态度感到不舒服，每一个安慰眼神后面都隐藏着警告，犹如一个双层的锅，第一层都是油渍，第二层才是货真价实的汤。他们对他的关心和安慰继续歪曲着，发出各种命令："你必须"，"你应该"；或者是相对的"你不可以"，"你不应该"；"我们的看法"，"根据他们的看法"；"你应该做"，"你不应该做"，"他不应该"；"不要飘摇不定"，"不要在自己的欲望中沉迷"；"你不该武装自己"，"你不该让自己孤立"；"他应克服自己"，"明确方向"；"振作精神"（维德，注意你的状态，你总是昏昏欲睡）；"说不准，未来结婚，怎么不呢？假如可能，找一个精力充沛又充满诱惑、富有生机的女人，让她把你从昏昏欲睡中强劲地救出来"。

有时，他们要他充分地利用城市提供的各种机会，对比较高级的事情产生兴趣：星期四，一个老德国人有一场有趣的演讲，主题是"爱"；星期日，有个七岁的小女孩提琴家演奏。当然，这些事都很不自然。可怜的小才女，这些人（理想社会员）推销出来的温室中的花朵。

也许他是真的不能唱歌或者弹奏乐器？他们有个主意：11月4日为庆祝理想社的成立，让克特做导演，"你可以扮演一个角色吗，例如：海中的老人，或山中精灵？"为什么他不能简单正式地成为理想社的一员？用随意的话和人交谈能让你和别人关系更密切，不要时常"您"呀"您"的。

也许他们想让他快乐。若有跳舞，或者任何一种集体游戏，例如躲猫猫——他们会热心地拉着他的肩膀："来呀！不要一副绝望的表情，帮帮忙，别一直这么一本正经！"在一切都没有发生作用之后，维德那以自我为中心的态度越来越强烈，大家都唱 C 大调，他唱 F 调。更糟的是，他对任何事情都毫不在乎、毫无兴趣。他时常一副毛发耸立、受惊的样子，因为他是个令人讨厌的笨蛋（比如：他根本没读过《塔索》①）。因为这种种恶劣行为，他们开始对他高声指责，给他各种劝告，找他的麻烦，说他的不是。一切当然为了友谊，而友谊里表现得最珍贵的方式是责难，他们友好地继续对他鸡蛋里挑骨头。简而言之：只是将理想社合理的模式灌输给他，就像是在家庭会议上决定如何处理一件夹克一样：在旅行之后，怎样将它装进箱子？一个人觉得袖子应该这样折，另一人有别的想法，第三个觉得取下领子会更好，第四个认为应该翻过来。最后。终于在两人的扶助下，让小维姬妮亚坐在箱上，将箱盖压住了。

在所有的不情愿的事情当中，维德最为抵触的，是有很多人企图有目的地改变他，但他觉得这是他的私事。他们对他身体长相的唠叨，让他几乎失去了全部的耐心。天呀！永远不断地埋怨、挑剔，找他长相的麻烦，从上到下全都不对，甚至是他的语言、口音，他的头骨、骨型、胡须，他的衣服，包括鞋，没有一样是正确的。他们对他扣领子的样子完全不能容忍，他一些小小的意图都会引起他们的批评，但是他们却看不到他身上具有接受这种批评意见的能力。

这个城镇有千万种忌讳，一些鸡毛蒜皮的小事让这位有幻想症的人变得非常敏感。这种敏感不断地被揭露，让伤口化脓、溃烂，

①歌德的戏剧。

让一个小小的失误变成致命的侮辱，演化成无药可医的疾病。这种敏感不断地制造痛苦，残害他。但是他们却认为这种残害也是温馨的，因为他们认为误解只是芝麻小事。但，天呀，在这个小小的理想社中，经常上演误解的好戏。

特别是在盛会的时候，每个人都在拌嘴，与之相比那小小的误解这时候又算什么呢？你可以把这一切看作挑衅，只是不能怀恨在心。但是他却会敏感地将芝麻大的小事看成绿豆般的大事。他有能把每件小事扩大化的疯狂精神官能症，还有怪兽般的记忆让他不会忘记任何事情。受形而上学的人生态度的影响，他会用一种悲伤怜悯的情绪看待任何一件细微小事。他幻想有一种能力能把一切细节数字化，不论谁对他做任何事，都记上一笔（这种方法最直接），因此他慢慢地变成一只熊，被群蜂追逐着。当然他也乐意相信这是在友谊之下进行的。只是对他来说，在地球的这块土地上，友谊的概念和牙疼一样让人不快。并非有意地姑息养奸，只是通过他的培养，群蜂已变成庞然大物，在四周潜伏，用一种邪恶、怀恨、阴谋的眼光盯着他，随时准备发动袭击。经历过这些事情，他像狗一样多疑，到处都能闻到敌意，不管是来自哪个方向，他则企图要一个明确的解释。在这期间，他只能对自己的自尊进行修饰，再三地要求别人的道歉，最终他变得越来越孩子气。韦汉弗德——牧师的太太——对他伸出左手，"这是故意为了羞辱我？"所以，在一夜失眠后，他像一位士兵一样要求一个合理的解释。"你真是个难以相处的人！"在一次愚蠢的事情发生之后，查理医生太太终于开始了指控。这些事情都是对他圣洁灵魂的折磨。他时刻保护着他的灵魂，神情好像是在参加最后一次审判的游行。"假如她是对的呢？为什么不呢？很有可能呀！但又能怎么样？我可以让自己有所改观，但是根本上却是改变不了的啊！"

他很恭敬、诚恳地写给住在城外的一位女士一封信："希望你毫无顾忌、真诚地告诉我，将来我会变成什么样子？"回信说："你的问题太可笑了，只要像一个孩子那样柔和，像一个精灵那样可爱，每个人都会喜欢你了，并且每个人也会这样告诉你。"

可笑的是他在理想社想找的那个人，因为她的原因，他深陷在这些不愉快的友谊中而不能自拔。但是他能见到她的机会甚微，"魏斯主任的女人是不同寻常、令人难以置信的家庭型女性，她更多地会待在家里。"这就是原因，"她完全为了她的丈夫和孩子活着。"他怀疑这不是唯一的理由，她躲避他才是最主要的原因。在他看来这是最痛苦的事情。他到了理想社，如果发现她不在，就会怅然若失地瞪着她常坐的那把椅子，不说一句话，也无视别人。在软弱地等待之后，他毅然接受了期望的破灭。次日，他像一只失去方向无法返回坟墓的游魂一样，失魂落魄地游荡在街头。

在一些特殊的场合里，索伊达出现了。但因为他曾经对她哥哥的不尊重，使得她毫不留情地报复。她把他当作野蛮人对待，不论什么事，都会昂头挺胸、胆大妄为，苛刻地批评他。

他对她并没有太多要求。只是他一说话，她就针锋相对，极大地伤害了他敏感的自尊。当他顺嘴说出"你很美丽时"，她哼一声，丢下一句："我不喜欢奉承。"还有一次，他说"欧洲的高贵就是愚蠢"时，她骂他是势利眼、伪君子。虽然她的批评只是女士制造氛围的方法，但他却信以为真，字字句句都记下来。因为他的注意力太过集中，所以他的伤痛格外深重。到了夜晚，他回想起任何假定性的侮辱，他就把灵魂当中那只惩戒的蝎子放出来，检验自己的灵魂，检验心灵的最深处，毫不留情地惩罚自己，直到可以找到一个肯定的安慰，即他不用对这样的侮辱感到愧疚，不，任何一个人只要在施舍乞丐的时候脱下帽子，像一个传教士那样，或者敢于在大庭广众之下和一个妓女打招呼，那么他都不是势利和伪善的。而存心欺骗女人的人，则一定会满口谄媚。"所以，为什么她要这样说？"他愤愤不平地大喊。从此之后，他就用似乎双眼已经被挖掉的怨恨神情瞪着她。

这种场景，顾问太太再也看不下去了，因为她爱好和平的心性使她不能忍受身边有任何的钩心斗角，因此她用真挚的感情同时对待他们两个，并用女人的毫无逻辑的判断得出结论：因为她喜欢他们两个，所以他们两个也应该彼此喜欢啊！她做了一个迅速但是错误的决定：他们两个只是误会太深。看到这一切，她就当起了和事佬，不断地向维德渗透魏斯主任太太的各种好处。她还用一种非常自豪、伟大的胸襟向魏斯太太大力赞扬维德的种种优点。在她的单纯的心性的称赞下，维德的优点像画一样彰显出来。魏斯主任太太答应原谅维德对她哥哥的不敬，不过这是有条件的。维德的脾气在未来必须要改善一些，要做到谦虚和善地与人相处，另外她很怀疑维德的这些优点是不是真的。顾问太太费尽心思，用尽全力地保护着她的监护人。但索伊达还是不改初衷，保留着自己给维德画的那幅画像。她之所以很难改变，说起来原因也很简单，就因为她不愿意过多地想到他，这和她的本性不合。

她对这个人一点兴趣也没有，而且这种结论也得到了很好的证据（这与对她哥哥的侮辱无关），甚至一眼就能看出他慵懒疏散的生活，因为看起来他一点也不想隐藏。"但是别这么有成见，我们且看看他的优点。"但不管怎么看他，索伊达都不能找到维德的优点。他的个性、人格一连串的都是他的罪证，他不像个男人，因为他太过温柔，几乎所有的行为都透着甜蜜，没有什么骨气、活力和个性。他温柔的话语和张扬的客套，花花公子般的穿着，矫揉造作的说话方式——她没办法看清他的内在，只是觉得他不能与人沟通，没人知道怎样忍受他，每一天都换一副面孔（我喜欢直来直去的人）——他喜欢嘲讽，用轻浮的态度对待每件事甚至是最神圣的国家、乡土、道德宗教、诗和艺术。他盲目肤浅，没有任何思想深度，没有主义和理想，没有灵性和温暖，没有感觉，但是他却嘲讽所有东西（例如：怎么会有人不爱音乐呢？除非他没有心）。"不管怎样，这个人无情无义。这3个星期，他交过朋友吗？没有！"——另外，他对教条夸夸其谈，是个胆大包天的教条主义者。他自作聪明，几乎要到了侮辱人的地步，例如：每个人都在尽力让他不要使用"小姐"的称呼。

不，她厌恶他是应该的，不管顾问太太和她丈夫怎么赞扬他，因为凯勒太太经常提起维德的才华，所以她问："好呀！他的才华在哪里呢？"她喊着，"请展露一项就好了！""你别徒劳了。他能做什么呢？每次我寻找他的才华时，却只能看到他更多的缺点。"

"精神！至少你赞同他有种精神！"凯勒太太再次提议。

此刻，主任太太已经失去了所有的耐心。"精神？"她暴跳起来，"我热爱而且珍视精神，但是那要看是什么样的精神。对我而言以一种真诚的力量展现出来的才是精神，比如货真价实的、有意义的行动或者举世无双的作品。对于服务人类的伟大行为来说，精神是谦恭的。高尚与高贵是精神的动力源泉，精神是高高在上的，是严肃的，而他与之大相径庭，他玩的是一种漂浮无定！自作聪明，文字游戏。如果想让我认可这是一种精神，那么我更愿意承认我一点也不在乎精神，我厌恶这种精神。维德耍小聪明，把'自然'说成'科举马力太太'。称之为某某太太，我受得了才怪呢。'精神主义者——最差的就是精神主义者'，这意味着什么，倘若这就是精神，那么我就该说'荣耀就是愚蠢'了。难道克特没有精神吗？但是两者却是极不相同的！"后来凯勒太太热忱地同意了她所说的话，要维护维德的意图立刻结束在对克特的赞美诗中。

在两人满意地享受了对克特的赞美之后，她们的内心里都是克特的影子。不过主任太太已经打算忍受那位让人厌烦的人了，只有与人友善才不会受到伤害，自己也不会有什么损失。

另一方面，维德也拒绝受这种被调停的和平。当然啦，他不允许和"索伊达"达成和解，除非魏斯主任太太"身体痊愈"并且和他重修旧好。否则，在她尚未忏悔回到圣洁的索伊达时，他是不会原谅她的。

这件事的失败，让凯勒太太想从另一方面着手改善情况：调解克特和维德的关系。"这太难了，他们最初的相识就是一团糟。"这次调解的结果又制造了灾难，让情况变得更糟，至于原因，依旧是维德的固执个性在作怪。在多次努力之后，他终于决定见面了。他避免使用任何不礼貌的话语，但是为了弥补过失，他用一种看似优越的态度和方式出现，其实却是最差劲的侮辱。这下子连道歉也不需要了，因为他侮辱人的企图显而易见。之后，他惊慌失措地问："我为什么要这样子侮辱他？他并没有做对不起我的事，虽然我知道他不是很聪明，假如我对他好一些，说不定能赢回索伊达的欢心！"他有答案。这就像狗遇到猫的情形差不多，就算他被拉住不发动攻击，但至少他还是会怒目而视。

"这种事无法解释，是自然的奇迹。"他觉得他们之间的情况复杂之极、高深莫测，是一种习性的怪癖。而自然奇迹呢，则是一种神启，是一种发乎天然的愤怒，是一种义愤填膺。总而言之，是信念女神的热烈的呼吸，让他有勇气面对这个假天才。

现在，顾问太太终于放弃了调解。维德和索伊达和解是完全不可能的。"很多事情已经既说过也做过了，他依旧是那么邪恶。他毫不掩饰地嫉妒我哥哥的才能，想激怒我哥哥。"这就是她对他的评价，而且她很快就让维德知道了这种评价，而不是使用暗示和嘲讽。

面对这种新生的"不公正"看法，他不仅愤怒而且惊讶，"她怎么这么关心他哥哥？他与这件事情无关，他的出现也与场景不合。"现在他与索伊达的关系不仅没有密切，反而更加疏远，甚至与理智都有矛盾。维德常常愤怒地问自己："为什么她要怀疑呢？她什么时候才会苏醒啊？她觉得我会有耐心等她十几年吗？"现在我们的情况是真的恶化了，已经到了疏远的状态了吗？真是一种无法忍受的想法，但是该怎么应付这种情况呢？他只有"魔术"这一样法宝了，除此之外什么都没有。到现在为止，他处处惨败，因为他沉迷于一种魔术。魔术怎么会失败？因为他发光发亮的能力并没有展示出去，没有在她的心里产生火花。假设魔术失败，可能是因为火花只能在潜移默化中传送，因为每次见面，他都反应迟缓，所以没有发挥最佳效果。因此，这一夜，在花费工夫凝聚幻想后，他觉得自己的精神已经是万众瞩目，是受了拣选的，相信周围的人能看到他身边的光圈。他真心实意地到了她家，让他的魔术在怀着秘密企图下集中火力向她迸发。这是一次心理体验，绝不允许失败，他必须全力以赴，因为事关他的幸福。

发生意外是在情理之中的。一位老同学来拜访她，与昔日好友相处，她变得浪漫天真。她们不断地回忆过去孩子般的自由自在。有时，她忘了已身为人母的现状，让自己再一次体验孩童般的氛围。这感觉多好啊，偶尔一个人自内心深处有点变化，即使是短暂的，即使看上去有些愚蠢。一个人戴上孩子的帽子，另一个人戴顶高帽子，她们很快乐地在房子里追逐着。维德现在变成了空气，根本没有人注意他走进来。他不想打扰她们孩子般的游戏，所以他坐在那里，也只能坐在那里，看一场闹剧。过了四十五分钟之后，他意识到魔法效力已经消失，只能离开。就如他悄悄地来，他无精打采地溜回去。

第一次，他没有了自信，内心充满了恐惧，好像他光荣的马车因为长途跋涉，后轮终于破碎了。他让灵魂去寻找安慰，却发现一道黑幕高挂在眼前，邪恶地蠢蠢欲动，好像要在他毫无准备和毫不察觉时落下来。

在魔术失效后，他的心被焦虑占据。在一个不恰当的时机，他使用了最后的王牌，而这本来是他准备以后再使用的。他想到了她高贵的处女时代的照片。他猜测，一旦让她看到自己处女时代的样子，估计能唤醒过去的记忆。"索伊达会惩罚索伊达。"这样的做法，可能会让一个罪犯顿时流下眼泪，懊恼他过去的行径，立志要像以前一样做个正直的人，只要让他突然在毫无心理准备的情况下，看到他年轻天真无邪时的照片。他颤抖地拿起索伊达的照片——她的

"神圣"的照片。这是 3 年前石女士送给他的。他尽量不让自己去看那张照片，因为他担心自己没有足够的力气能够忍受回忆的煎熬。维德像拿了一把已经上了膛的枪似的拿着照片。明天，他要再一次拜访她家，所以他几乎要可怜她了，因为他居然要用这么可怕的武器。

在她进来之前，他把照片放在钢琴上，紧张地等待着。她一进门，敏锐的眼睛已发现照片："谁给你的？"她用法官的口吻审问他。"石女士有什么权利把我的照片给你？"她耸耸肩，"而且，这张照片很糟糕，我一点也不喜欢。"这就是照片的效果。

情况危急万分，手里连王牌都没有了，但是他仍然紧抱着希望。他紧攥着没有理智的希望，但他必须承认他所寄予厚望的都已经化为乌有，再也想不到任何外来力量能帮助他了。因此，他的灵魂中产生了悲伤，最终弥漫他的感官，使他非常痛苦。

另外，有一次有关《塔索》谈论的聚会，所有话题都围绕着天才对女人的吸引力和女人的本能。索伊达相信女人的心会奔向克特这样杰出的男人。她说完之后，叹着气坠入自己的思绪中。

"你相信你自己的话吗？"他大胆地抗议她。

"我相信，"她争论道，"我们大家都很清楚谁才不是重要的人。"由于害怕他没有听懂，她给了他一个看似礼貌却饱含嘲讽的眼神。

他被深深地刺伤了，血液因为愤怒在额前汇聚。"明说出来。"他的信念女神命令他。在抗争一番后，他只好心甘情愿地服从了——即使他的谦让和羞辱之心抗拒着，但是他仍然服从了。他说道："谁能担保我不是一个非常重要的人呢？"在众目睽睽之下，他用颤抖的声音说道。这话听起来让人无法忍受，感到厌恶，他羞愧得无地自容。在场的所有人都好像看见了什么放浪的事情一样，纷纷低下头。

牧师韦汉弗德的一句话解救了他："这没什么。"他用一种轻松的解嘲的语气对维德说："对第一次读《塔索》就参与讨论的人来说，这没什么。""做得好！"所有的眼神都欢乐地叫道。

他现在无时无刻不想着逃离。他突然有一种很恶心的感觉，虽然和理想社没有关系。他不确定这感觉是源于身体或是心理，还是说外界的第三者。一种可怜兮兮的感觉，从一出现，就自始至终没有离开过他。现在，他处于极端的沮丧中，恶心感又在砰砰地作乱。这是一种疾病，还是别的什么呢？一种虚无的厌恶感，好像他吞下了一块泥巴。思乡？有点像思乡但却又像无时无刻、无光无色四处飞散的绝望。

这天晚上，他经过黑暗的夜，被理想社淹没的夜，走在回家的路上。忽然，一阵阵的酒精味和怪叫声从酒吧中传来，然后他知道了他痛苦的来源，是一种大城市中的人被丢到小镇里的痛苦。在教堂的台阶上，有一只呻吟着的被遗弃的狗。他懂那只狗，他要与它一起哭喊。

除此之外，他在理想社的日子还算和谐。当然他们觉得他有的地方还有待改进，或者更准确地说是他需要改进一切，但不管怎样，还是认可他作为一分子了。他勇敢地保持沉默，伺机而动，用一种真诚、很有耐性、痛苦受难的心情忍受着。他一面惊讶自己的令人不敢相信的温驯，一面对于刚开始的单纯无害的对话，又产生敌意。不因为别的，只因为这个温顺懒散的民族根本不知道敌意为何物，使他擅长对别人产生敌意有了价值。这是一种宗教的狂热和真实的愤怒。后来，战争在华丽伟大的场景中发生，就是所谓的亚马孙之战①。在理查德太太家中，他是一打美丽女性中唯一的男性，索伊达就与他对面而坐。看到这美丽的场景，突然他精神高涨，开起了玩笑——当然，和女士开开玩笑，也是社交礼仪的起码要求。他有所保留，只尽力地称赞她们，出于他对女性一贯的爱慕。但是，因为他在异乡太久了，他全然忘记了这个地区的女性遵秉的是一种德国式的女性教条主义，而和欧洲内陆的习俗是截然不同的。她们可以不大在乎一个人的粗鲁，但是如果有人胆敢拿高尚又纯洁的女性开玩笑，就是一种亵渎和侮辱。不久之后，他立刻被淹没在义愤填膺之中。这是亚马孙战争的呼喊，他根本无法招架。他还企图在战争中为女人的吸烟辩护，女人们立刻在幸灾乐祸的批评中陶醉：上星期日有一个可怜女性因为在床上抽烟而被烧死了，"让我感到快乐！""罪有应得。""抽烟的女生最好都遇到这种事。"他的正义感立刻被点燃，正像一位预言家用地狱降临的怒火，诅咒这些嗜血的女祭师们，继而变成不受控制的愤怒。他真实地看到那个女性在旁边跳舞，穿着烧焦的衣服，扭曲着身体，有时痛苦高叫，有时躺在地上，而在她周围，魔鬼似高笑的法利赛女人②在鼓掌称快。"谋杀犯！"他用愤怒怀恨的声音叫喊着。通过这段经历，他突然意识到他改变不了自己对女人的敌意。

所有沉重尖锐的问题在激烈讨论过后，就被抛之脑后，然后女

①希腊神话当中有一个亚马孙女战士族，她们仇视男人，常常对男人发动战争。
②《圣经》中，法利赛人自以为义，只有敬虔的外貌，没有敬虔的实体，常常做出伪善的事情。

人们若无其事地喝一杯茶，吃个汉堡三明治，不再注意刚才所讨论的事——但是仍然有一位恐怖的跳舞女在他的脑中停留，其中还有法利赛女人的狰狞欢笑。虽然她们 12 个女人是连苍蝇都不敢伤害的人，可是她们的确是有罪的人。在他的幻想下，该隐①的记号已经印刻在她们的额头上。整个理想社的人——因为要对每一个社员负责——从现在开始受到了他的仇视。"就连警察和法律都不能制裁你们，你们伪装善人的技术很好。伪善的人在错误的欢乐中沉迷，在我眼中，你们仍是凶手，杀人犯！"他尝试在黑暗冰冷之中愤怒地进行报复，因为被烧死的女学生正用那乌黑的手指指着理想社，就像哈姆雷特受鬼魂的指引一样指引着他。

他的敌意在乌云背后翻滚，只是雷声，而闪电未至。他渴望着反击，但他还没做好准备。在亚马孙之战的几天后，他接到一封从外来世界寄过来的过期的信。多么与众不同的氛围啊！"你在关爱你的人中欢乐、庆贺，但是遥远的朋友并没有忘记你……"，庆贺、欢乐！多大的讽刺！关爱你的人，多么的可笑！多么的羞耻！"你的特殊个性，你的文化，你的好心一定可以成就……"呀，多么别出心裁，他和他特殊的个性、文化，完全是被遗忘在脑后了。天啊！天啊！往事多么愉快，没有人到处惹麻烦，他们还找到你值得称赞的品质！这封信就像警钟，让他看清了现实。众口铄金，潜移默化，一个狭窄的天地将他局限在一个没人注意的地方——小城镇的一种局限性，因此他慢慢地把这一切看作是理所应当，而起初这会让他暴跳如雷！每个人都把他看作一匹没有效率的马，每个人都能对他指指点点。所以此刻他清醒了。他已经能从狭窄的天地中逃离出来并获得新生，

①《圣经》中的人物，因为杀死了自己的同胞弟弟亚伯，受到了上帝的惩罚。

他的心开始认可接受。多大的差距啊！多么让人羞耻的差距啊！在这个世界之外，总会有独特之处展开温暖的双手接待他，体谅他的不足；而在他的家乡，只有狭隘的挑衅，对他人格的忽视和对他的视而不见等。他过去6个星期中所吞下的所有沉重的苛责都一下子呕出来，被引爆。于是，像过去一样，他又产生了一种战争的狂热。"我不再沉默忍耐，我要进攻，我要深入你们之中，揭示你们的虚假，拆穿你们狂妄的吹牛字典。安静！注意听我说的，我要将你们的丑态刻画出来。好！我要进攻了。这是我将要告诉你们的：你们所谓的'优点'，只是找别人麻烦；你们所谓的'开放'，只是满足自己的私欲，很自然地把不满强加到别人身上，而感觉不到一丝的愧疚；你们所谓的'诚实'，是站在别人面前，不需要审核通行证就能说别人的坏话。要有四位证人，我才肯和这种'诚实'的人做生意、签约。你们那些不管别人死活的自私自利，一旦有人遇到不幸，绝对没有人会伸出援手。你们现在的家庭幸福美满，有着亲友之爱，可是一旦出现遗产分配问题，你们就更能找到彼此的爱了；你们所谓的音乐，只不过是外表华丽的冰柱；还有所谓你们文化和文学艺术的高峰，就是一旦有人在你的右手边建造了一个天国，而在你左手边进行有关天国的演讲，你们就会越过天国奔向演讲。'多么有趣，多么有意思啊！'这就是我将要说话的态度，做好准备吧！"不幸的是，他想到，理想社的接待室中提供不了足够大的、以让他批评众人的演讲台。

"你们相信我会报复你们吗？谁要是再把贞洁的脸摆给我看，我就泼她一桶冷水，谁来啊？"他准备随时攻击，像一只垂下双角的充满敌意的牛。当他凶猛的眼光看向四周准备挑衅时，却找不到一个敌人。因为虽然没有人喜欢他，但也没人厌恶他。这种恶意的行为绝对是有意的，就在他准备好上战场时，大家不约而同地向他示好。这个举动，无形之间解除了他的武装。有谁能把敌对的角冲向对你示好的人？现在你感觉如何？希望你在这种"不自然的天气里不要着凉"。他现在只想要一个敌人，但是这只是妄想。克特怎样？手无缚鸡之力。他一在接待室遇到维德，拔腿就逃。除此之外，他不得不承认克特有双极其敏锐的眼睛。那又能怎么样？他像一头喷着气的愤怒的公牛，将牛角朝着四周漫无目标地横冲直撞。

看现在的情形，在失去了对手和攻击方向后，他无力又气愤地制造着谋杀气氛，带着威胁性的眼光，用嘲讽的态度和挑衅的声音，就连说话都显得非常急躁。他在没说一句话之前就已经表明态度，所有与他不同的言论都要禁止。更重要的是，他忠诚于严肃的真理，不能接受有任何与严肃真理相悖的未知言论（"我不允许你们拿着反对意见的叉子在我面前挥舞"）。他加重警告的语气："你最好投降，你这个伪君子！你试试吧，你竟然大胆地违抗我！"他现在只是缺少对手，一旦有了，就一定会过去抓住对方的领子。

但是即使这样，他还无法按照预期打响他的战争。从此时起，大家都躲避不及。他好像是只高深莫测、任意妄为的动物。连牧师在提到维德时，都说他在疯言疯语——把他和一个天主教中的苦修修女进行比较。而森林场长认为他可以从一个温驯的人突然变成疯狂的大象。偶尔，他可以很温顺地一个人坐着，阴沉忧郁，没有人确定接踵而至的是什么样的旋风。不过，没有人有权利把他弄走，只好让他孤独地留在自己的愤怒里。

查理医生对一项新的医学作品大加称赞。"无论如何，你都要读一读。"他向旁边漠不关心的维德说。维德的鼻息立刻充斥空气之中："你居然敢命令我？"之后，整个晚上他都这样聒噪着："亲爱的医生，无论如何，你要把这支铅笔放进口袋中。""亲爱的医生，无论如何，你应该把我的手帕从我的上衣中拿下来。""亲爱的医生！无论如何，你应该马上回家。"一旦在谈论会中有这样的一个人，大家都会拒绝接受邀请。主任和主任太太主持一个晚宴，在检察官的坚持下，邀请了维德。而在最后一刻，拒绝函源源不断而来。结果晚宴上只有一位绝望至极的主妇和一位邪恶至极的客人——维德。这就好像在教会的捐赠口袋中发现了一枚没有价值的纽扣，"唉！我已经湿透了，再淋一点雨也没有关系！"维德安慰自己说。主任太太却叫喊："唉！真是不能忍受维德。"大家意见一致，"维德有病！"这是每个人找的借口。

借口很恰当。这头站在那里的牛，口鼻流血。有一次，石女士在街头遇见了他，"天啊！你看你的样子！"石女士惊慌失措地喊道。于是那天，他接到一个很紧急的邀请，请他尽快到她家里一趟。但是没用，他继续逃避着。

搏斗索伊达

"我已经够倒霉的了，再倒霉点也坏不到哪儿去。"他这样想。但这个想法实在错得彻底！没想到，还有一场更大的厄运等着他！有一天，发生了一件事。那一次聚会，维德也在，魏斯主任太太对男人的骑士风范批评得极其激烈（在理想社，骑士精神是个争议话题）。"嗯！哼！"维德微笑着说，"你不会生气吧？如果别的男人没有讨好你。"因为她非常厌恶骑士风范，她说："我不稀罕别人讨好我，我更不希望他们这样做，甚至说我会感激那些放过我的人。"这时真理精神鞭策他，所以他决定给她一个教训。出于这个想法，散会的时候，他倒背着手，很显眼地站在衣帽间，眼看着她自己将毛皮大衣从衣架上取下，之后自己穿上。大衣的袖子有点紧，所以她需要花费很多气力才完成这件事。他很满意这个结果，用嘲讽的眼神为自己辩解："现在你明白什么是骑士精神了吧？"但是，看呀，她好像一点也没有看到他嘲讽的目光，更没有意识到这是对她强词夺理的反驳。很显然，她并没有把现在的境地和刚才的言论联系在一起。

可能她以前没有被人故意冷落过，另外，维德当然也从她那里接收到拒绝他帮忙的警告。但是，只怪他做得太明显，她根本就不了解这种"趣味的实践教学方式"。结果他的冷眼旁观变成了恶意的羞辱。她瞥他一眼：根本算不上"眼"了，只能看到眼白——该怎么办？解释？没用的，她不会相信。不过他为自己找到了一个很好的借口：女性至死不愿意接受道歉。那么，索性把这次错误和以往的种种过失加在一起算了，反正被她误解也不是头一次了。"唉！希望情况比我想象得要好。"

他的希望落空了，应该说比希望的更糟糕。从那时起，索伊达只要一看见他，就会像猫一样对龇牙咧嘴，并且会转过身去不再看他一眼。

第一回、第二回，他仍然能保持冷静。其实，他觉得这样反而让自己随意了一点，甚至他还可以欣赏她灵巧的转身，但发生第三回时，他产生了极大的愤怒。

"你这个伪善的猴子！"他内心喊道，"倘若我要惩罚你，而不是顾忌你，饶恕你，谦让你……罢了，罢了。这都不算什么。只要我动动手，你孩子气的猫吼马上会变成求饶的低吟。你会哭着说：'现在你一定非常轻视我了。'（叹气！）'我怎么面对我的丈夫和孩子。'（流泪！）'愿你永远像……'（拥抱！）等，你会为我做任何事情——等一下，拿开你的手！因为你的行为现在是多余的，只会造成困扰，这是你应有的惩罚。其实，你要先让她的美满婚姻产生裂痕，然后正当地离婚。因为爱情是爱情，欲望是欲望。但是一位男子为了维护自己的尊严，就要利用手法和技巧，用突然、狂野的方式摧毁美满的家庭吗？好啦！我不太会做这种事情。首先，我根本不会这样做。其次，我的灵魂是纯洁的。还有，我和她的丈夫是朋友，因此，不、不、不、不，绝不会这样做。倘若你想恨我和这个地方，没关系，我会教你怎样恨我，让你愤怒得要爬到墙上去。但我呢？我会很冷静地吃我的葡萄干面包。你恨我恨得越深，我就越高兴。你不信？你等着瞧，我可以证明给你看。"之后，他们虽然表面上还彬彬有礼，但是已经到了临界边缘——使尽浑身解数去挑衅对方，尽情地展开进攻。在这期间，他毫不留情地挑衅她、骂她，丝毫不手软。他有时开玩笑，有时愚弄，有时单刀直入，有时迂回周旋……至于什么方式，就看他的心情了。

假如他想愚弄人，他会说一些让人害怕、惊悚的话语。这种做法甚至让他最宝贵的感情发生质变。例如："你没发现：冷酷这种东西，现在已经从女人们中间生长出来了吗？难道你没有发现喜爱音乐本来就是世界上最冷酷的事情吗？还有，女人极度爱慕青春，因为青春是一味灵丹妙药，可以让女人从一百个猿猴中稳操胜券地挑选到最大的一只，并与他坠入爱河。"或者他会劝告她们："婚姻对丈夫更有约束能力，可以让丈夫在太太面前规行矩步。他可以对自己可怜的命运进行抱怨，说这是一种'万劫不复'的生活，却又必须堕落到在吃人不吐骨头的中产阶级中生活下去。为什么人们还把这种感情叫作放荡？难道不应该称其为为美而献身吗？因为这本身就是对于肉体的痴迷。其实，人们经常制造谎言故意贬低和掩盖对于肉体的欲望。""假如一个女人发现我不能对她产生兴趣，她会觉得这是一种侮辱。这个逻辑反过来进行推理的话：假如我对她有极大的欲望，那我就是在奉承她了。这件事是明摆着的。这种感觉棒极了，一吐为快，不是吗？就好像吃了一只苍蝇一样必须要吐出来，不然的话就会恶心。是这样吧？希望对你有作用。好吧，我会继续讲下去的。""我始终不能了解，那些被海盗抓获的女孩，为什么只用仇恨的眼神瞪着敌人，而不是用双腿踢他。倘若不用实际行动表现，那么眼神或者表情也只能算是敷衍，根本无关紧要。"这种论调，你喜欢吗？要不要再听多一点呢？不要啊？要是这样，我就得再多说一些了。"男人时时刻刻都会想着女人。否则一定不是男人，或者他在说谎。"

可是，她根本不给他开战的机会。她的样子已经清楚地告诉他："如果，你的身上发生什么不幸的事情，例如说：你掉下火车轨道。那个时候即使我怜悯你，但也绝不会为你感到惋惜，更不会为你流一滴眼泪。"

他用厚颜无耻的眼神嘲讽地回应她刚才的这句话："高贵的女士，既然你这么抬举我，那么当你要爆炸的时候，请提前通知我，我要预订一块最美丽的碎片。"

假如他心情比较愉悦，那么只是伤害她的信仰和她的同教科书一样的教条就可以让他感到满足。他对准她玫瑰色的爱国主义和她热爱乡土的情怀猛烈进攻。

她喜欢边走路边愉快地哼着民谣："在清晨，我们挤牛奶。""挤牛奶？你会挤牛奶吗？"他惊讶地问。如果她在哩哩啦啦地唱另一首歌："我亲切地招呼每一个人！"他就热烈地鼓掌："这是我们隐藏在内心的期望，每个人都可以亲切地打招呼。"——在他哥哥的身旁，有一位长腿表兄，诨名叶杜啦呼（用山歌的发音），真名叫叶路德力克。他整年都穿梭在山中，征服各式各样的山巅。有一次，维德对这位征服群山的急先锋叶路德力克说："为什么你们会这么迷恋阿尔卑斯山呢？又不是你们造的！假如你们自己能造一座，这一座就会显得太低矮了。""不管怎样，不要再提阿尔卑斯山了。因为那里没有生命活动，我们就珍视那里。我认为在神的眼中，一个女人的小小的、美丽的脚趾，都要比一大块虚假的冰川更有价值。"他公开地宣传高礼帽的价值，并声称那比阳光还值得探索。他还幽默地举例："冰河时代的动物——长毛象也能欣赏阳光，只不过已经绝迹了。但是只有受过高等教育和具有高品位的人才能欣赏感受一顶高礼帽。"——在没有受到要求的情况下，维德无所畏惧地劝告她。假如她抱怨侵入北非的汪达尔人不懂得珍惜文明智慧，摧残古代建筑，他会建议："拉出加农炮来，炸掉那些木制的垃圾！"假如她感叹地方色彩的服饰和方言都已逐渐消失，他就建议："给犯人增加一条刑罚——让他们穿地方色彩的服饰，并且规定几代人必须说地方方言。"

在另外一些时候，他最大的嗜好就是乐此不疲地给人取绰号。例如：他用"牛之乡"称呼他们共同感到骄傲的家乡，用"吞吞吐吐、拖拖拉拉"称呼本地政治措施。把"粗鲁"称为爱国主义，把"莽撞、好斗"称为德国本色，支离破碎的东西，他则称其为"灵魂的方言"。

也有时，他会用回旋、可怜的神情让她虽然生气，但是却无计可施。比如他会准备一些自己瞎编的、煞有介事、装模作样却又令人深思的小小趣闻，以使自己有机可乘——"你知道吗？魏斯主任太太，"他甚至可以毫不察觉地开始，"史潘斯基、贝多芬和罗西尼的趣闻？"

"我不想知道。"她嗅到了隐藏的危险。

"不！你错了，大错特错了，这故事你一定要知道，它不仅可以熏陶人，同时也可以教育人。故事是：有一次，史潘斯基伯爵夫人同时邀请贝多芬和罗西尼参加晚宴。宾客中有人问她：'你认为贝多芬和罗西尼谁更独特呢？'她高超、聪明地回答：'这样比较是不对的。他们两个都是独一无二的，而且恰好，他们拥有的正是对方所欠缺的。'"

"音乐和女人一样！需要用实验证明给你看吗？我们找个最具才华、最有音乐天赋的小女孩，以最古老的、最传统的方法培训她，以最好的天才来教育她，让我们看看十年后会是什么样子：她会合上钢琴盖，然后去抓起一只猫来。我们完全可以想一下，她之所以合上琴盖，是因为没有时间了；而抓起猫呢？那是因为她不知道怎么打发时间了。"

又有一回，她坚持女人比男人优秀的看法。"我很赞同你的看法。"他说，"只不过女人在不经意的时候，常常会宣扬男人比自己更优秀。"

"现在，我非常诚恳地说，倘若一个不幸的母亲有六个怪胎女儿，最后才成功地生了一个儿子。这个自一出生就像鹅一样呱呱乱叫的孩子，会像弥赛亚①一样被捧在手心里。方圆一里内的女性都会你争我赶地，自愿来照顾这个了不起的孩子。'小子、傻子、二愣子、好小子'整天亲热地叫喊着，俨然这个小男孩就是一个奇迹。但是事实上呢，这个弥赛亚，如果他能做个县议员，就幸运十足了。"

经历过这件事后，他很轻松地了解到，他所期待的事实是什么。

---

①基督教术语，意指受上帝指派、来拯救世人的救主。

痛快淋漓地发泄后，在他内心深处有了最透彻、最全面的了解——他厌恶自己。现在的索伊达一见到他，会像猫一样从喉咙里发出低吼，而且这种声音渐渐地又变成了一种黏糊糊的两栖动物的怪声。他很高兴看到这种反应，好像上天知道他赢了。"你看！"他自顾自地笑，"我一点也不在乎你的反应！"他愉快地打了个比方："以前他竟然想要将她从蛙群中解救出来，但现在却把自己变成一只青蛙。"

"维德，我真的开始相信你疯了。"

"是呀！这是另外一个我可以让自己发疯的新理由。"

一天下午，他路过街头转角，突如其来的一声惊叫从他身后传来："你！你这个骆驼！"他愤怒地朝那个声音看过去。在他转身时，那个声音继续说："你用不着转身，是我呀！是你的理智在叫你愚蠢的骆驼。"

"谁给你的权利骂我愚蠢骆驼？"

"你受到魔鬼的蛊惑，与自己的理想背道而驰。"

"我没有什么理想！"

"有！你有！你有理想。让我告诉你，它是什么。当然，私底下你自己不想承认，你是有预谋的，让那位没有经验的小女人生气到这种地步，让她完全迷失自己。有一天，就算不用故意安排，她也会愤怒得像黄蜂一样，勒紧你的脖子。她已经像夏天的牛虻一样疯狂，而且勇敢到不顾一切。"

"如果是这样，会是什么结果呢？谁会想得那么长远？事情经常这样，女人没有爱哪来的恨，反正我不会损失什么，都一样。"他回答他的理智。

"随你去吧，我又不是你的监护人。"

维德满心疑虑，在充满焦虑、迷惑中跟跟跄跄地回家了。他用谨慎的精神从各方面反省自己的处境，结果大吃一惊：他头昏脑涨，走在一条虚假的道路上。他走错了，在上山的路上迷失了方向。他的理智是正确的：索伊达只有恨没有爱。这种发现真是可怕。他已走投无路了。在他的秘密被暴露后，再加深索伊达对他的恨没什么意义了。因为这样做，只会加深他和索伊达之间的距离和隔阂。

但是下一步该做什么？重新来过？先使用怀柔政策，减少她对他的恨，再艰难地战胜她对他的厌恶，治疗她对他的反感；再极其有耐心地、小心地、一步步地获得她宝贵的爱。"为什么不这样做？为什么不呢？不！不可能了！为了这些，人格、尊严必须全部放弃。而且也没有时间了。但感谢上帝，我们还没有到不可挽回的绝境。"——但是假如这样做还不能挽回，那应该怎么办？他竭尽全力环顾四周，但却无路可退。忽然，他猛地跺了一下脚："谁命令我为她操心了？她回不回头、忏不忏悔，与我有什么关系吗？让她的暴怒的风雨更凶猛些吧，与我又有什么关系呢？我又不是他父亲为她找来排忧解难的神父，也不是她灵魂的守护者。也许她认为我是经营心理医疗室的？她被我宠坏了，这让我花费很多时间来找她的毛病。从此，我不会再担心她，也不会再为她做任何事——除非她直接来求我。在这期间，你走吧，我不认识你。什么人物？魏斯主任太太？是水生生物，还是在树上筑巢呢？是吃五谷杂粮，还是吃昆虫呢？亲爱的女士，你见过跳蚤从指间跳下的情形吗？在相同的情形下，你已经从我的意识范围内跳出去了。一、二、三，好了，没留下一点痕迹。索伊达，你消失了。"

等维德做完思想清除工作，将索伊达扫地出门之后，他踮脚转了一圈，弹了弹手指，浑身感到轻松自在。因为他自豪地感受到受伤的动物是她。而对他来说，只是拔了一颗非常疼痛的龋齿而已。但现在要怎样处置新生、娇嫩的自由呢？十万种愉快的可能性在向他招手。"比如我换个胃口和另一个人相爱，会是什么局面呢？"好主意，他已经有相当长的时间对爱情的琼浆玉液的味道没有品味过了。这是非常不自然的事情。唯一能确定的是，他要挑选没有文化的人。因为，索伊达厌恶无知，她一听到这些底层人的所作所为时（她在东家长、西家短这样的是非巢穴中会有所耳闻的），一定会感到愤怒和羞辱。比如说：从酒馆里找个"女侍"。为了达到目的，维德必须战胜对酒精和酒鬼的反感，走进隔壁的酒馆。服侍他的小姐叫潘美拉。他要求潘美拉坐在他身旁，用甜言蜜语迷惑她。这是比赛的规则。他按部就班地甜美地赞美一番她身体的每一部分。一会儿，潘美拉就和春雨后的蜗牛一样，伸展开了，除了用可爱的微笑倾听外，还逐渐向他靠近。直到后来，不知道哪里出了错，出乎意料，她奔回奶酪柜台旁边，像一只叫春的猫一样嘶嘶叫喊。她站在那里，甚至更像一只被踩到尾巴的猫。"蠢货！老不正经的！没教养！"她斥骂的吼叫声是怎么回事？啊！对了，他称赞她的牙齿像珍珠一样洁白，但，但她竟然一颗牙也没有。到后来，他不敢再多看她一眼。

3天之后，魏斯主任太太向着他住的地方走来，带着友谊的光芒。看啊！判若两人，多快的变化。什么意思呢？"看起来，你已经恢复正常了。恭喜你，一切顺利。"她虚伪地笑，"你什么时候和潘美拉喜结连理？"

"卑鄙小人！"其实他并不是想说这个，他言不由衷。

"爱情需要很多必备的条件，潘美拉的事是不会有结果的。"他初到镇上时，就本能地意识到：爱情在这块荒凉的土地上无法生长。让我们尝试一下友谊吧。好！在这种情况下，安德拉斯·维索阿契维斯特成了一个极佳的对象。这是因为维斯主任太太不能忍受别人称赞安德拉斯。她习惯用"戴眼罩的"来称呼安德拉斯，因为这个人目不斜视、正儿八经。安德拉斯的一切遭遇，让维德在无意间流露出了一种温柔。所以他慌忙去找安德拉斯，以示友善。果然，维索阿契维斯特面对突如其来的友谊，也感到十分动容。为了给新友谊剪彩，两人约定共同前往嘉积草坪完成仪式。日期定在星期日下午。在那里，他俩要走一条相同的路。当他们缓慢地走向星期日那烦琐又充满恐慌的仪式时，草坪上已经布满了一群做体操表演的运动俱乐部成员，还有一队管弦乐队，缭绕着悲怆的音乐。维德像块木头一样安静，直瞪着前方的街道，而维索阿契维斯特则自顾自地唾沫横飞地演讲着歌德与席勒的区别。他的神情像是无论别人怎么哀求，他都不会结束的样子，噼里啪啦地不停地演说着。这就会让另外一个觉得有些恶心，但是却没有一点办法。是的，索伊达是正确的。怎么骂维索阿契维斯特都可以，随她高兴吧。这位仁兄真是骄傲自大，唉！

男人之间的友谊也失败了，尝试一些别的吧！戏剧？咳！这个小镇能看戏吗？反正他对戏剧也不怎么喜欢。说不定音乐会可以尝试？好，那就尝试一下。但，喔！不！他坐在第二排，一刹那，全部的乐器都跑调了，听音乐会也变成了一场灾难。同时，他的出现也真真切切地被亵渎了。参加音乐会的每一个人都众口一词地说着一个可怕的名字——魏斯主任太太。"魏斯主任太太最近做什么啊？""你上次见她是什么时候呢？"等。听着这些话，维德很疲惫地陷入回忆中。他望着天花板思考，"魏斯主任太太？在哪里我听过这个名字？"甚至在街上行走的时候，有人问候他时也会提到魏斯主任太太最近在忙些什么之类的话。但是对维德来说，她压根就不存在。但黏人的枷锁，硬把他和魏斯主任太太铐在一起，让他坐立不安。每个人都说这个名字，而实际上他和这个名字一点关系也没有。难道他无法从法力无边的魏斯主任太太身边逃脱？必须逃到荒郊野外，逃到一个连孤魂野鬼都不认识他的地方。

为什么不这样做？建造铁路是为了什么呢？他记得她这样说过："真奇怪，这一生我竟然没去过莱德弗。"因为索伊达没有去过莱德弗，甚至没有半点牵连，于是他决定搭车去莱德弗。他到达该地后，自导自演了一出狡黠的喜剧，充分地享受着没有她的空间。还没等他走出火车站，他便朝铁路局局长走去，客气地向局长询问一些信息，并且说明他来莱德弗的目的是拜访一位魏斯主任太太，希望局长能为他指路。局长很惊讶地摇头，并请来售票员。售票员又找来旅馆男孩。这位男孩来自"亲爱旅馆"，还有另外一位来自"鹳鸟旅社"的马车夫。他们每个人都不知道魏斯主任太太是谁。警察后来也插手这件事情了。参加这次搜寻的还有另外一群人，大家众口一词地说："莱德弗从未存在过魏斯主任太太这号人物。"他们都用同情的眼神看着他，但是他的内心却狂喜着："瞧，好好瞧啊！你这位自认高雅、欺人太甚的女人，你甚至在这里一点儿都不存在。没有人认识你！你认为你有多高贵啊？凭什么你认为自己很重要啊？纯洁的莱德弗人甚至不知道你的名字。"这个事实，让他陶醉，让他非常喜欢这群单纯、善良的人。这次活动是新的胜利。此时，他像是一位微服私访的王子一样，感到所有的人都迷恋他，为他快乐。一整天，他都在饰演着奥地利最后一任皇帝约瑟夫。同时，不只是外在表现，他发自内心深处地爱这群好心、自豪的莱德弗人——他们甚至都不知道魏斯主任太太是谁。这块土地是多么的迷人啊！是他从没有到达的地方，有友善的森林、耸立的山峰。在这里，人们可以畅快地呼吸。你难道没有感觉到吗？他赞颂莱德弗一望无际的天空。"鹳鸟旅社"的经理为了讨他的欢心，悄悄地告诉他打折优惠的好消息，特别是在夏日到莱德弗享受当地有名的环境疗养胜地。其实，他连付午餐费都有些困难。不过即使这样，当他离开时，整个小镇都已经成为他的朋友，从医生、传教士到看家的狗。他带着浓浓的感动踏上回家的路。他难得这样的晴朗的日子，甚至毫不怀疑地下结论：以前他就是太轻视乡下人了。

虽然他还沉浸在自己的梦中，一直在怀念那个悠闲的、牧歌式的生活，但他还是要逼迫自己回归城市。在火车站，他必须从人群中挤过去。哎！多么麻烦呀！他一个人站着。后来，他和富利格教授聊天时，索伊达不存在的喜悦感已经从他的心头退去了。

"自然法则到底是什么样的呢？这件事用逻辑学怎么解释呢？如果她不存在，我就看不到她；如果我看到她，她就存在。既然她已经不存在，我怎么会看到她呢？我倒要看看诡辩者怎么解释这件事！——方法只有一种：将自己反锁在房间里。因为她无法从钥匙孔中进来。"他关上门，闩上门闩，躺在沙发上，摩擦着两个大拇指。不一会儿，一道像雾一样的光线照进房间里；雾越来越浓，一个人影显现出来。影像越来越明显、清晰，越来越美丽。看呀！是她的脸。"现在，索伊达，"他轻声严肃地说，"我请求你身上的公平和正义为我做主，我不会埋怨你的不悦和憎恨，我也不会说一句话。不过，我已经将街道、城市、外面的空间全部让给你了，所以我恳请你尊重我的住所，在这里我有最起码的居住权。我希望我住的地方能有一片安宁。你不应像瘟疫一样追到我房里来，让我无处躲藏。"

"可是！维德！"他的理智劝告他，"不是她自己要来的。这只是你的幻想，捉弄你的是我的幻想姐姐——安娜提西亚。"

"就算是这样，她也该谨慎一点玩她的把戏。"他愤怒地反驳。

"我的那些把戏，我爱怎么玩就怎么玩，玩弄索伊达的影像让我感到非常愉快；假如你有别的意见，你可以闭目不看，没人逼迫你看她。"她接着玩弄她的花招。可怜的维德现在因为得不到休息而筋疲力尽，但仍然要经常在房间里看见索伊达的影像。特别是当他的房间被夜幕笼罩时，她更是时常出现。但是维德又能怎样。看起来，这位盛气凌人的灵魂注定时时刻刻都会出现在他眼前。直到最后，这种侵略、干扰已经成为一种灾难。在别人的房间里可能会有跳蚤，但他呢？他有索伊达。对于这件事情，似乎只有一点看上去是比较明了的，就是不需要再费神思索她到底存不存在了。反正她永远无处不在。

突然，传来一个爆炸性的新闻，索伊达生病了。晚上十点多，女佣带来这个消息。他好不容易从最初的惊吓状态中恢复过来，又开始变得非常焦躁，就好像是他正躺在蚂蚁窝里。他应该怎样处理这个消息？他能有什么做法啊？对他来说，他不会怜悯索伊达的，他的心不仅远离怜悯，而且恰恰相反。她是邪恶的敌人，她是确确实实的叛徒，是导致梦中佳人伊玛果生病的根源；另一方面，他又为她难过，从心中升起一股诚挚、合理的同情心。因为抛开一切新仇旧恨，在这一刻，她的确是个正在受苦难的生物。但，合理的尺度是什么，又怎样才能做到不偏不倚呢？最危险、最难控制的就是情绪了。在这件事上，如果对她的同情多了一点点，那么，整件事情看起来就好像她对维德有多重要似的。倘若同情少了一点点，他就会变成一个冷漠、没有同情心、令人讨厌的人。这简直是件比登天还难的事。直到深夜，他一直为这件事烦忧；到了午夜，还是没有一点进展，仍在原地停留，甚至有时会倒退一步，越想越乱。唉！不！多么可怕的可能性！如果她病重怎么办？如果她一去不复返——不可能。真是造化弄人，竟然会用这样卑鄙的手段强迫他对叛徒保持和颜悦色。下半夜里，他不断地向命运祷告，虔诚、热切地希望她恢复健康。这样一来，他就不用再对她心存善意了。他的情绪在这一夜急速地起伏，直到清晨，他已经完全迷失自我。起床的时候，他晕晕乎乎的，也快要生病了。

他没有吃早餐，赶到明思特街："摄政官，你夫人如何了？希望她健康。"还没有见到主人，他就迫不及待地在客厅里大嚷大叫。摄政官吓了一跳："什么？她没病呀！只不过是牙疼而已——但你为什么叫我摄政官……是在叫我吗？"

"没有，不是啊，你听错了！"他微笑着回答，松了口气，急忙地离开了。显然，命运之神听到了他的祷告。虽然牙疼不是什么严重的病，但还是要忍受痛苦。"等等，多么有趣啊！她居然在我闭门索居期间生病。尽管要感谢她并不是因为我生病，但无论如何为此我要礼仪性地回报她一点东西（一个人在战场上，也可以保持骑士

风度的)!"需要注意的是：她正在受病痛折磨——你觉得你该怎么办呢？——在同一位置也受点苦好了——在牙上受点苦，如何呢？这样够有骑士风度了吧？其实就是争一口气。他去拜访了艾弗林格牙医——谁叫维德恰好知道他住在哪里呢。他对牙医说，他要拔牙，"这颗，或者是另外一颗。随便哪颗。"

"可是这些牙都很健康啊！你说的大概是旁边的老臼齿吧。拔掉这些烂家伙，对你很有好处。"

维德和他的良心斗争着。这合理吗？我是为了承受痛苦才来拔牙的，可现在居然得到了好处？但最后，他还是决定拔掉坏牙。

当艾弗林格要给他用笑气麻醉时，他的理智再次朝他叫喊："维德，多么可耻呀！你是为了和她受一样的苦才来到这里，但现在你却软弱地想要减轻应受的痛苦。"

维德感到十分羞愧，但他一看到牙钳子，即便现在这件事情与他为别人而承受痛苦的理由背道而驰，甚至变成对自己有利，他也要接受了。因为牙齿也是他身体的一部分，而且他并没有犯下什么错误。虽然话这样说，但为求心安，同时也为了安慰自己的理智，他将第二颗烂牙也拔掉了。这一回，牙依旧是烂的，而且也进行了麻醉。

在拔完牙回家的路上，他不知道该怎么理解自己刚做的事情，这件事是不是足以引人羡慕。因为，尽管从一个角度可以说，不是每天都会发生一天内拔两颗烂牙的事情，而且他拔牙的初衷是想体验别人的痛苦。但再从另一个角度看，他那两颗烂牙远远不能算作毫无瑕疵的祭品，甚至他为了减轻痛苦，还用笑气进行过麻醉。就因为这个理由，教皇是不大可能把他的行为定义为殉教精神和奉献精神的。

　　突然，他感觉到手术的副作用侵蚀上来了，感觉很虚弱。他渴望坐一会儿。但他从来没有在公共场所出现过，现在也绝对不敢轻率地走进离他最近的小旅馆。这个时间稍微不合适——九点多一些，维德除了能去打扰他的一位好朋友，难道还有别的办法吗？理查德医生就在这条路上居住，希望医生太太能体谅他的身体不佳。结果她很热情地招待和照顾他，在房子里为他忙前忙后。她要维德坐在沙发上，并给他一杯酒。这杯酒的确让他感觉好了很多。他正想表示谢意离开时，她劝他一定要多待一会儿："你还是很没有精神。非要我真诚地说明，你留在这不会对我造成困扰才行啊！"——他坐了半个小时，走进来一位穿着外套、戴着帽子、精神奕奕的小女孩。"这位女孩，"理查德医生太太说，"你会发现她有种特殊的魅力——其实每个人对她都有很大的同情心——是不是呀？——我之所以说具有同情心，是因为很久之前魏斯主任太太曾救过她的命。你们彼此问候一下，这位玛丽亚·里奥那·布兰尼塔小姐，我们镇上最好的钢琴演奏者，也是最美丽、最有魅力的女子，任何一个男人看到她都会目不转睛。"

　　"是呀！若不是魏斯主任太太，我就没机会站在这里了。"那感激之情像火焰一般在她的眼睛里燃烧，"我这一生不会不犯错，但是魏斯主任太太会帮我改正的，她是我生命中的教母。"

　　理查德医生太太为她这句令人费解的话做了解释：事情发生在布兰尼塔的高中时代。她游泳的时候不小心进入了深水区，美丽的索伊达（当时大家都这样叫她）把她从水中救了出来。"我穿着衣服到了水中，我以为这没什么，应该很自然。"布兰尼塔说着，"我看到她站在我面前，我正双手拍打着水面，因为口中灌满了水而无法求救。我连想到死的时间都没有，就被救回了人世。可获救之后，我觉得很难过！我病得很重！我记得很清楚——是呀，音乐是美妙的，但我想说世界上所有的音乐都比不上她当时的面孔。她对我叫喊，那声音让我沉醉：'不要怕，玛丽亚·里奥那，我来救你。'大概有十几个女孩在我的近处游泳，只要她们一伸手就可以救我，可是她们没有一个注意到我。她们只有眼睁睁地任我载沉载浮——虽然我们两个都不会游泳，但到最后我和索伊达并没有遭到灭顶之灾。直到现在，我也不明白我们是怎么逃过劫难的。"

听完这个故事，维德的心就向着维德扮了一个鬼脸。这件事对他来说，震撼之大犹如陨石坠落。这位邪恶的魏斯主任太太会有这样高尚的牺牲精神吗？难道她所有的邪恶只针对我？他在心中设想了上百个疑问来寻找答案，就好像有千军万马在他胸膛里奔腾。他没有办法集中注意力，所有的注意力都被这个女孩所吸引。假如不是魏斯主任太太，她早已经腐朽在坟墓里了。所以布兰尼塔起身时，他建议与她一起离开，就为了能继续欣赏这位人生充满传奇的女子。"我可以送你回家吗？拉撒路小姐①。"

她笑着说："好啊！确实，我和拉撒路很相像。"

"喔！维德已经康复了。"理查德医生太太开玩笑般说着，"当一位美女答应让他送回家，他立刻就恢复了。"

维德跟"拉撒路小姐"道别后，继续沉溺在他的思考中："如果溺水的是我，她是不会伸手救我的！不，她会往我的脑袋上直接扔一块石头！"慢着，看啊！那是谁？他几乎不敢相信自己的眼睛——

---

①耶稣从坟墓中唤醒拉撒路，让他复活。见《圣经·约翰福音》第11章。

哎呀，真的是她——索伊达，有血有肉的索伊达。看起来她很健康快乐，也没在脸上贴膏药。真奇怪。这不禁令人想到：他牺牲了两颗牙，是不是减轻了她的痛苦呢？多么疯狂的想法，但并不是不可能。他渴望自己有意义的牺牲能得到嘉奖，于是径直朝索伊达走去，比平常更有信心的样子。他多么希望能听到一句小小的感谢，但她好像不认识他似的，转过身去，装作专注地看着服装店橱窗里的一顶帽子，弯一下腰，与他擦肩而过。

"好呀！你就继续这样吧，甚至连最基本的招呼都不打。我们之间的关系虽然恶劣，但是还缺少这一项呢——彼此不打招呼。"维德用一种受伤但高傲的神情，指着她说："大家整夜为你担心、失眠，你居然连招呼都不打！"她的行为多么卑鄙啊。最后他只能冷淡高傲地将这一切抛之脑后。但他心中的气愤仍然无法抑制：奇耻大辱。这次的羞辱简直是在他愤怒的灵魂上火上浇油，而且除了受辱，他似乎还听到了一些不堪入耳的声音。最后他变得十分痛苦，好像有人用刀子剜他的肉一样。毫无疑问，别人从她那里得到的是善举，而他得到的总是邪恶。甚至他想到："你的邪恶像深渊一样深不可测，才会对我这个溺水的人落井下石！"他继续不断地品尝她的恶意，真是残酷。但是今天，在听过拉撒路的故事之后，他觉得今天的她格外美丽。

突然地，他内心升起了一团疑云："她漠不关心地看我时，眼睛深处是不是有隐秘的笑意？她的眼神确实很可疑。"

一整天，他分辨着、思考着，却得不到确切的结论。夜晚来临，索伊达的影像仍像以往一样显现在他的房间里，比平时更加光芒四射。这让他的疑云一扫而空，因为他在她的微笑中看清楚了秘而不

84

露的笑意。

于是他的愤怒爆发了："你在笑什么呢？"他威胁地大喊："微笑有很多意思。我要的是真诚、直截了当、不拐弯抹角的答案！我要你诚实地说出那神秘兮兮的笑是什么意思！"

没有任何回答，只是从神秘的微笑中流露出嘲讽的意味。

他失控般愤怒地大喊："女人！可恶！不要嘲讽我。够了！你用恶念和仇恨折磨我，时刻驱赶我，在我溺水时落井下石。但你不准嘲讽我，我不准你这样做。"但是她依旧一副嘲讽的面容，对他的话置若罔闻。看！她的一只手举起来了，像一面光荣胜利的旗帜，在她嘲讽的面前舞动。

"这样的光荣胜利算什么呢？"他大叫，"这算什么光荣胜利？我不觉得是胜利。若你还有一丝风度，请帮帮忙把那面旗帜拿走！"

但是看她的行动，说明她并没有听从他的话，旗帜仍在舞动。这个恶毒方式是新发明的。她眼中嘲讽的微笑已经扩散到她的嘴角，然后化成很不屑的狞笑。这狞笑越来越恐怖，就像是来自地狱。最后，这张人脸变成了一只地狱之鸟，头顶长角，嘴有鸟喙。但是恐怖嘲讽的表情之余，还保留了索伊达的五官。

这幅影像对维德的神志产生了重压。"走开，幻影！"他挥动拳头驱赶幻影。于是，幻影爆裂成了无数碎片，但是又很缓慢地，在房间的一个角落里，一小块一小块地凝聚起来；另一个角落是胜利旗帜，最后一个角落是索伊达的美丽面容。从此，这几部分各占一隅，过去单一的幻影变成了三个。他感觉倍加恐惧。"维德，这是怎么回事？你疯了吗？"他强迫自己检查自己的精神是否健全。"疯狂的预兆是什么，疯狂的人会在幻影和现实中迷失，健康的人则能够分辨出相片和幻影的区别。你是什么症状?""我从没想过在我身上会发生这种事。我很清楚在我面前的是魔鬼的幻影,只是要赶走这种幻影我却无能为力,因为我已经沉迷在比这个更强的幻影中。"

"好!让幻影继续存在吧!不用担心。"他终于安静了,睡着了。

次日清晨,他睁开眼睛,发现他依然身处这所被夜雾笼罩的房子中。渐渐地,他的意识开始清醒,回忆在他犹如雾般的脑海中出现。——索伊达,昨夜他所经历过的全部魔鬼又开始作乱:胜利旗帜,带着嘲讽狞笑的地狱鸟和美丽的人。

"这种情形会继续下去吗?"是的,这种情形会持续。他这一生就是和幻影分秒必争地战斗,在和幻影周旋中修正自己,在痛苦和焦虑中分辨魔鬼的幻想和现实。这是一件极其耗费心力的工作,让他不得不专心应对,不得不放弃其他事情。最后,他绝望地哀号,看上去必须做的抵抗工作一点用也没有。而无用的原因是他战斗一小时的成果却在下一分钟就化为灰烬。他的努力好像全部白费了。从早到晚,地狱三重奏就像龙卷风似的笼罩着他,对他没有分秒的同情和怜悯,让他不能休息。地狱三重奏愈演愈烈,在夜晚从黑暗中的每个角落里朝他狞笑:在白天,从窗户,从房顶,从山巅,从海洋,从地球各个角落里朝他狞笑。虽然他没有疯,但是已经语无伦次、神志不清了。他对着一个向他友善问候的人大声咆哮,因为在那人打招呼的时候,魔鬼的幻影出现在他们中间。他内心的黑河围绕着他的理性川流不息,在黑河的中间还有点点红梅,好像是自伤口中流淌出的血痕。

过了一夜,疲倦把他征服了:"我再也忍受不了了,我已经分辨不出东南西北了。"

然后，他看见一个美男子，走过来拍他的肩膀，说："维德！"
那人只叫了他的名字。

维德哀愁地望着那位美男子，低下头并用手撑住。"我要学好。"
他喃喃自语，"这是我唯一明白的事。"

"是的！学好。"那位美男子安慰他说，"疯不疯并不是最重要
的。"

他说完之后，从伤口中不断流出的带有红色斑点的黑血顿时止
息——即使魔鬼的幻想依然存在。

这些事情都发生在星期四。

星期日早晨，他看到有血有肉的索伊达站在街上。人群将他们
隔开，两人之间的距离大概能抛掷一颗石子。"啊！我终于见到你！"
他叹息。他像只饿狼一样追逐在她的后面。因为他看见美男子的眼
神指引他："不要担心，不要怕！"此外，美男子没有说一句批评的
重话，和他一起监视着那位在黑暗中追逐她的狡诈敌人。

维德追上索伊达时，他整个人僵住了，惊讶得说不出一句话。"怎
么会这样啊？"她走在街上，全身萎缩，身形渺小，让人觉得荒谬。
除了还是那副相貌，她什么也没有。没有旗帜，没有幻影，也没有
花样百出，更没有怪物。她还戴着一顶非常不入流、与她不般配的
帽子。多么可怜的原型啊！

在这一刻，维德找到了盾牌。只要有血有肉的索伊达出现在他
眼前，她所施的魔法就全部失效。而且很显而易见的，有血有肉的
索伊达很怕他。狡诈总是和懦弱共存。为了医治自己，让索伊达的
魔法失效，维德每天都尽可能地去拜访她。在那里，他用胁迫的眼
光瞪着索伊达。他像一只守在老鼠洞前伺机发动袭击的猫。"所以，

你没有自信，你不敢在我面前耍花样。"他沉浸在索伊达魔法无用武之地的情形中。其实，他有些迷惑不解、好奇地想知道索伊达怎么会拥有召唤魔鬼的魔法，让女人变成地狱鸟。这件事可不一般。为了找到答案，维德经常偷瞄索伊达。但没有用，索伊达的动作总是比他快。

幻影因为自己原形毕露，加上正牌主人就在那里，所以只好放弃，不再骚扰他。幻影出现的次数越来越少，直到最后连忧愁的面容也消失了。

若不出意外，这种情况会一直持续很长一段时间，但很不幸某晚发生了一件打破僵局的事情。那天晚上摄政官虽然不在，但有另一位客人在场。索伊达演唱了一堆没有意义的歌曲。最后，她要唱一首歌，正巧那首歌是在梦想之会中，梦中佳人伊玛果为他唱的。索伊达并不是有意的，也许这首歌对她来说和其他的歌没有什么不同。但是维德感觉很痛苦，痛苦得要发疯了。因为这无疑是对维德私有财产的侵害。"梦想之会的崇高精神，怎么能让肤浅的画匠玷污。索伊达，你不能在陌生人面前，将伊玛果的坟墓，你的姐姐、我的新娘伊玛果展露得一览无遗。不带有一丝感情，随心所欲地唱古老的歌，而且不顾及我的在场！这到底是魔鬼的邪恶还是人类的兽性在作祟。"虽然他的语言表达能力很弱，但在高度刺激、亢奋的情绪中，他哑然惊慌地注视着索伊达把发黄的本子拿出来，然后冷淡地把本子摊开在琴架上。她站在旁边，准备引颈高歌。这时，维德用尽全力找回声音，跳向前。"你不能唱这首歌！"他大声阻止索伊达。在匆忙之间，他本来想使用请求的态度，但内心的痛苦和折磨却使他将请求转变成尖锐的命令。

很明显，强烈的愤怒让索伊达涨红了额头。"我想知道，"她不屑地说，"谁能禁止我唱我想唱的歌曲？"

"我！"维德惨叫。

这一刻，索伊达为唱这首歌找到了理由。就为了反抗维德的大胆禁言，她理所当然地唱了这首老歌，毫无顾忌地从头唱到尾。维德在那里坐着，忍耐再忍耐。他拼命地压制自己，好不容易等她唱完。他的眼睛像是一支上了膛的枪，他在内心疯狂受伤的情况下站起来，走到索伊达面前，对她发射出了厌恶和仇恨的子弹。

"你想怎样？"她也用威胁的眼光看他，"如果你敢说一句不敬的话——"

"不！再也不能这样下去了！"他必须做出决定，然后小心地设计一套友善的求饶方式，也顺便给自己找个台阶下。但他无计可施，万般无奈。他问自己的想象力，你能怎么办？

维德屈服

才 8 月份，就飘起了雪。理想社举行了一场雪橇竞赛，为了迎接这场比以往来得更早一些的雪。在回来的路上，所有的参赛人员都在一家森林旅馆里留宿。饮过茶后，维德也和其他人一样寻找着之前自己乘坐的雪橇。一位驾驶员用他的鞭子指着索伊达和另外两位男士乘坐雪橇的方向，告诉维德："你太太坐在领头的那一辆雪橇上。"他不知道驾驶员为什么认为他和索伊达是夫妻，也许是因为一路上他们经常吵架吧。

"稍等一下！"维德慷慨地说，急忙将他的钱包拿出来，给了驾驶员一枚硬币。

驾驶员拿着硬币在灯笼下仔细看了一会儿，紧张地喊："可这是金的。"

"我看见了！留着用吧。"

"可是，为什么？"

"因为你是所有人中最有见识的。"话一说完，他走上了雪橇。

回去的路上，他再也没开口。

一回到家，维德就叫出他的理智。

"我承认最近忽略了你，但是体谅我吧，现在能帮助我的只有你了。"

"我从没生气过。我能做些什么吗？"

"这……我一时高兴，说了一些话。不明白到底是什么意思。"他把金币的事对理智详细说了一遍。

"你想听真话？"

"真话，你是说不管什么情况都不要自欺欺人？"

"好的！你坐下，仔细听。但是你要谨慎掂量一下我说的是不是正确。好，我要说了。你把金币给那个人，就是因为他把索伊达看成了你太太，你就赏给他，不是吗？"

"是啊，非常明显啊！"

"你赏他钱就表示他的错认赢得了你的欢心。"

"也许吧！"

"不要用'也许''可能'，我要一个直截了当的回答'是'或'不是'。"

"好的，我猜'是'。"

"别！不允许猜测，我要的的确确的'是'或'不是'。"

"是！"

"非常好！我接着说。显而易见，一位毫无关联、没有一点重量，甚至是陌生的外人，只因这位可怜的驾驶员误将索伊达认作你的太太，他就赚得一枚金币。这表示，假如索伊达真的是你的太太，你还会更快乐。"

霎时，维德咒骂着跳起来，疯狂尖叫着，准备打断理智的推断。理智还是平心静气地说："嗯！假如忠言逆耳，你雇佣个阿谀谄媚的跟班就好了。你必须保持身体和精神的平和。我得走了。"

　　"别，请别走，我不是这个意思。所以你觉得可能是？可笑！我怎么会对一个我不屑一顾的人产生爱意呢。"

　　"啊，哈哈哈！嗯，这事再平常不过了！越表示轻视，实际上越重视，男人不都是这样的嘛。同时，而且你说你不在乎她，骗谁呢？你是想对她不屑一顾，但事与愿违。因为你有爱慕她的私心，或者说你不得不爱慕她，因为你理智并且公正。她那迷人的气质，你抗拒不了。我说这么多做什么呢？直截了当地告诉你哪里错了。"

　　这件事，对维德来说好像嘴上长了一个毒疮，他立刻有一种不好的预感："但愿不是癌症才好。"是呀！与其被人取笑，倒不如自己去看医生。结果医生带着一副迷惑的神情看着他："还好，你提前来了，需要做一个小小的手术。这只是一个无足轻重的滑稽的东西罢了。"

　　他无望地想要医生改变诊断。"绝对不会无缘无故长出这个东西来的，一定还有别的病症。"

　　"是的！"他的理智回答他，"比如那一晚，在医生家的时候，你像贼一样溜回饭厅，只为了吃那颗被她咬过的橘子。"

　　"我只是有点孩子气而已！"

　　"我赞同，但你的孩子气首先就是一种病症。还有在魏斯主任家，你在他们夫妻敞开的卧室门外站着——那个时候，女佣问你：'你是不是生病了啊？看你唉声叹气的样子。好像病得很严重，需不需要喝杯水？'"

"啊！我有唉声叹气吗？我怎么不记得有这回事。"

"我相信你是在唉声叹气的。这种事常常在不经意之间发生。我认为女佣不会空穴来风。还有一回，你对着扫壁炉的扫把讲话，就像对索伊达说话一样。扫把回答你：'你一定搞错了，我不是索伊达。我是奥古斯特·雷诺阿。'"

"这证明不了什么呀！我只是有些漫不经心。"

"这能证明你不想索伊达是不可能的。——你将她的手帕偷走，然后讨好似的假装帮她找，但是你为什么一直将手帕带在身上？我敢打赌，现在手帕就在你的身上呢。对吗？你脸红了。——还有在那次逼英雄的拔牙事件中——真的，你这么垂头丧气是为什么呢？你的乐天派呢？你是自愿上钩的鱼？好像已经被拖到干旱的地方。你和人吵架是为什么呢？你为什么像一位得了风湿病的老军官一样抱怨世界？原因只有一个，你的生命中缺乏一样东西，更准确地说是三个字：索伊达。这就是你想知道的真相。"

一番讨论后，维德呆呆地坐了几个小时，突如其来的真相让他震惊了，快要崩溃了。突然，他重新振奋起来："圣骑士会来救我的。"他对他的灵魂命令道。

圣骑士响应着他的命令出现了，手上拿着闪亮的武器，背后跟随着雄伟的狮子。"我来了，你有什么命令——"

"在我们之间出现了一个危险的叛徒，梦中佳人伊玛果委托我的任务泄露了。而且这个叛徒还向一个毫无价值的无名小卒抛媚眼。注意！注意盯牢他。将第一个向索伊达眉目传情的人和自称魏斯主任的人抓起来，我要亲自审问。"

"立刻执行！"圣骑士穿着铿锵作响的盔甲走到狮子身旁。狮子立即飞奔而去。不一会儿，狮子又回来了，口中叼着一个奄奄一息的人。"这就是叛徒。"狮子大声咆哮，转身离开了。

"如我所料。"维德愤怒地说，"肯定又是这只愚昧无知的兔子。他又给我惹麻烦了。"维德抓起兔子的耳朵，用惩罚的语气斥责他。"你看不明白吗？你这个愚昧无知、没脑子的东西。你这样做根本就是给自己的地狱之火添油加柴，增加地狱的热度。注意，你必须学会怎样分辨愚人之爱。总共只有五点，简单至极，连最愚蠢的蚯蚓都能分辨得一清二楚。"

"第一点：女人不喜欢首先爱上她们的男人，除非她对男人先有好感，她们只会喜欢毫不在意她们的男人。'我不知道。''我不相信。'只能用这种方式对待她们，不然她们就会百般折磨你。女人喜欢折磨的感觉。假如你不折磨她们，反过来她们就会折磨你。这不是因为她们邪恶，而是她们别无选择。这是自然规律。你知道什么是自然规律吗？就是用角和爪子都无法改变的东西。知道吗？回答我呀！"

"#%# ￥￥！"兔子叫着。

"对的，#%# ￥￥! 按规矩办事就对了。"

"第二点：要赢得一个已婚女人的心，方法只有一个，只有让她离婚才能征服她。但我不喜欢这样，你应该也不喜欢。你的结论是……回答我呀！"

"#%# ￥￥！"兔子回答。

"第三点：你愿意用你的快乐去换取一个冷淡至极的女人吗？而且她对你不屑一顾；第四点：在一位心满意足的太太和快乐的母亲心中是找不到爱情的，这就像你不能让一个刚刚被填满的胃部再感受到饥饿一样。"

"#%# ￥￥——"

"第五点：这个女人根本不能忍受你——"

"#%# ￥￥——"

"住口，不要 #%# ￥￥乱叫不停，等我说完。"兔子从他的手中跌落到地上，然后急急忙忙步履蹒跚地跑了。"你！"维德在后面叫喊，"你要小心了，假如让我再抓到你泄露秘密，或不老实地想入非非——"

"我确实狠狠地处罚了他一顿。"维德满意地笑了，"估计那只兔子将来不敢再草率行事了。"

但是为了再三确定没有人心存异心，他做了一些准备工作，开始在灵魂的诺亚方舟中搜查。他从最高的船桅到最低的船舱都进行检查，而对于比较高等的动物，他不断地向它们讲解、劝说和揭示预言；对于低等动物，他就向它们彰显未来的胜利和荣耀。同时警告它们要提防一种叫作魏斯主任太太的不幸的游戏。他恩威并施地诱惑、提醒它们，向它们彰显光明的未来，勉励它们暂且等待，好好地守规矩。最后为了有个好结果，他在狮子的咆哮声中走上楼梯。

"你们相信吗？"

"我们相信！"

"好！好好干！互相照应！"

这一次的全面检阅极其可怕。他快失去平衡了，被焦虑左右——他付了极大的代价才维持住。他就像个背着苍穹的巨人那样吃力，腰都已经弯曲了。多么令人痛苦的重担啊，让他有些后悔许下背负的诺言，甚至想到干脆放下一切，让所有的事都做个了结。

在第一天的 24 小时里，在日夜交替的规律中，在天然的时间推移中，他由疲倦中慢慢恢复了，开始渐渐地适应重担。焦虑带来的痛苦已经麻木，他可以稍微忍受这可怜的处境。除非是很尖锐的刺激才能逼迫他意识到来自危险的威胁，他会问自己："我患了伤寒吗？还是只是我的错觉呢？"

在过去的三天里，没有发生什么特别的麻烦事。恰好相反，事情井然有序地进行着。有一天，非常难得地在大街上遇到摄政官。他盛情邀请维德喝酒。当时的维德竟然能敏锐地、直入重点地讨论古代和现代爱情观不同的各种原因。他那心平气和的态度，好像他与这个话题没有关系。不！能如此讨论爱情的人，绝不是恋爱中的疯子。他记得谈话的时候，摄政官在情绪激动之下，脱口而出："其实，我完全赞同你说的话。只有欲望的话，会毁掉爱情。举例说：如果用诗的标准来衡量，那么在婚姻当中，真正诚挚的爱情就不可能存在。"

哎哟，摄政官，你这样说，就好像你是个胃中已经填满了食物但是却永远觉得饥饿的饕餮一样的人！当然，摄政官接着思考了一下，然后，很急切地想要挽回刚才欠妥的说法。"我的意思是说，"他试着自圆其说，"只有不真诚、虚假的爱情才会这样。真正诚挚的爱情，即便用诗的标准，在婚姻中仍然可以存在，而且只存在婚姻中！"怪事！突然一切事情变得不重要了；摄政官爱不爱，他都不在意了。这一下，就让他的理性渐渐开始丧失，尽管在这个过程当中，理性接二连三地出现提醒他，但惭愧的是，他还是答应了周五前去赴约。任何人在压力下，心情低落的时候，总是喜欢被别人邀请，他也不例外：有四分之三的需要，也有四分之一的被迫。

在周四到周五的夜晚，事情一如既往——白天，他工作。晚饭后，他出门——直到夜里，有一个梦背叛了他。在梦里，他看到索伊达在他的卧室里蹦蹦跳跳的，一只脚上穿着袜子，另一只脚却是光着的。"袜子呢？"索伊达在地上坐着，把脚上的袜子脱下来。那只脱下的袜子在空中像风车一样旋转。不一会儿，情况更加混乱不堪。突然，索伊达穿着一件童装，站在了他面前："往那边一点，去！去！"她下着命令，推开他，把他推到靠近墙壁的地方，然后躺在他身边。维德瞪着眼睛，语无伦次地说："可……可……可是你不是已经嫁给摄政官了吗？""我？和摄政官？你哪来的这个疯狂的念头。这算什么事，我竟然要和摄政官睡在一起，恶心！"他现在的心情和大难临头被释放的死囚一样，叹息一声。"这可能吗？她属于我，而不是摄政官？天呀！我简直不相信这是真的。这一定是一场梦！""今天你怎么啦？"索伊达脾气暴躁地训斥他，"如果这是一场梦，睡在摇篮里的孩子又是怎么回事？难道连孩子也是摄政官的？事实很清楚！""哦！索伊达，索伊达！你不知道当我梦到你竟然是摄政官的太太时，我心中的难过是无法言喻的！""怎么会有这么愚蠢的梦境？"索伊达鄙夷地说，甚至进一步用泼妇骂街的口吻说："蠢货！"同时，用脚踢他，扇他耳光，还打他的嘴。

他醒来后，摸着床单，顿时领会到现实正好和梦境相反：他孤独地躺在床上，索伊达呢？却在摄政官的身边。维德很了解自己的处境，因为他知道他的梦并不是空穴来风。维德很悲伤地明白，虽然他的灵魂努力地用诗歌颂他的恋情，但是到了这个地步，他再也不能自欺欺人了。他知道他爱得发疯了。从里到外，到最深处的内心，每一寸，他都无可救药地恋爱了。他必须爱那个人！爱一个曾经让他痛苦的人！去爱一个让他习惯被轻视被冷漠的，名叫IX的女人；那个让他恨之入骨的女人。而他是什么人？他是高尚的伊玛果的丈夫。他明白他再也无法在心中找到快乐了，他最宝贝、最珍惜的人已经不见了。维德沮丧地将头转向墙壁，想要忘记这种感觉。但是恋爱的念头不时地牵引他，让他再次感到耻辱，就好像云被石块压住，再也无法乘风飞翔。最后，维德决定，他还得活下去，他必须活下去，因为他的身体已经无法忍耐他继续躺在床上。身体的躁动证明他是健康的，而在床上确实也是无所事事。他爬下床，宁可耻辱地站着。

　　一整天，维德都无精打采、呆若木鸡，脑袋中一片空白地面对着这个耻辱的事实。夜幕降临时，他又想起了一件痛苦不堪的事情。今夜是星期五，他答应了摄政官要去赴约。现在吗？在这种落魄的情况下吗？去见索伊达？多么可怕的想法！但是他的承诺开始发出呼喊，就像一只用鼻子抵着把失散的羊赶回羊群的牧羊犬一样，劝说主人回到正确的道路上。他别无选择，只有强迫自己去摄政官家赴约。

　　那一晚，真是恐怖，所有真善美都被唾弃，极其无趣的一夜。他一进门就发现，一开始他就没有被正式邀请。他是个不速之客，只增加了别人的困扰。

　　这种低落的情绪让他更希望身在别处，而不是在索伊达家里。这种不心甘情愿的心情，别的客人一眼就看出来了。但是别人的洞见和了解，对维德的心情一点用处也没有。他不想听音乐的神情，让别人不敢弹琴。他将整个夜晚都破坏了。其实他不是存心想要破坏这个夜晚，但他控制不了，他只是想爆发。而且现在他的心情跌入了低谷，对别人来说无所谓的事情，对他来说却是天大的刺激。

不是别人的错，是他太软弱，对外界的干扰毫无抵抗力。

之后，维德看见了索伊达。她目视前方，脸上没有一丝表情，看着她原本充满音乐的晚宴突然遭到破坏。意志消沉的索伊达几乎忘记了和维德生气。这样的情形让维德很难过。他心中对索伊达深深抱愧，这个想法让他刺痛。"你明白吗？可怜的索伊达，"维德把手按压在心上向她鞠躬，"今天的账我替你保存起来，以后再惩罚我。"但是索伊达，如果今天你了解我的内心，你就会原谅我的所作所为，因为我真的是太悲伤了。

大部分的宾客都提前离开了，带着不愉快和不满意。

维德忘记了他的伞，所以重新回去拿。"请等等。"在给维德拿伞的时候，女佣说，"瓦斯灯已经关上了，我去拿一支蜡烛。""不需要了。"维德边说边向门口走去。这时，索伊达的声音从楼上传来："小心一点，房门口有三层台阶。"

索伊达的提醒让维德很感动，好像天上突然开了一扇窗户，从窗户中透出一丝光明照射在他的心上，顿时，有千万个微笑天使在他的心上跳跃。"什么？是她吗！那个恨他的人吗？她本来完全有权利可以折磨他，继续让他沮丧的。加上他才刚破坏了她的宴会。但是索伊达竟然提醒他，害怕他出事！哦！多么高尚的慷慨啊，无法估计的善良。维德，你这个愚昧无知的生物，你根本不能轻视这位高尚的女士。倘若有人应该被轻视，那么这个人应该是你而不是她。你是个坏胚子，而索伊达自始至终都是好的。'小心！'你听到她说的了吗？她应该对维德说这个吗？对你！"索伊达的话语就像是一把竖琴在山谷中弹奏，回声在维德的心中澎湃奔腾。维德的心被仰慕所包围，导致他全身发热，以至于走路也跌跌撞撞的了。

回到自己家门口，维德转身看向索伊达的公寓，伸出手呼唤："我的梦中佳人，伊玛果。"维德呼喊着索伊达。"不，不只是梦中的。因为索伊达的高尚表现已经让她的肉体得到升华——索伊达和伊玛果已经合为一体。"维德快速地走进房间，召唤出他灵魂内的所有居民。"孩子们，宝贵的消息！你们可以毫无保留地、无限度地爱她了。她是高贵善良的，所以肆无忌惮地展现你们的爱吧。"

居民们热烈地欢呼着，感谢他的恩赐，围着维德载歌载舞。而且，不断地有不认识的新群体从后面走出来，加入其中。他们蜂拥而至，手中握着火把，头上插着树叶。维德自始至终都笑看着，很欣慰自己的准许。维德像个历经战争之后的国王，终于签署和平宪法，人民也在无法言喻的欢乐中接受了他的旨意。一群高级官员，保持着华贵的仪容从人群中排闼而来，而圣骑士则手持威武狮子的绳索，带领着其他的穿着白色甲胄的骑士们。"终于得到您的恩准了，陛下，所有的骑士都希望您幸福。从头到尾，我们都认为你的判断是正确的。"

"为什么你们以前不告诉我呢？"

"我们不敢忤逆你的旨意。"

"看来高贵的骑士也不能避免爱情。"维德坚定地站着，感觉现在很自由、很快乐。"拯救幸福的方法就是爱自己想爱的人，去爱你非爱不可的人。"

痉挛与梦境

冬天的节日接踵而至，圣诞节来得很快，随之而来的是除夕夜。不用说，维德肯定是要离群索居的，因为他不想与人见面。他和家庭型多愁善感的人不能推心置腹，而且并非那种以日历为心情晴雨表的人。（他们一整年都板着个脸，但是除夕夜一来临，就会四海之内皆兄弟。）在这家人团聚的时光里，维德只想避免繁文缛节，获得一份宁静。

但是在元旦清晨拜年，是很重要的礼节，所以维德拒绝不了。他准备了一份适合拜访的人的名单，其中包括对他来说最困难的两家：石女士家和魏斯主任家。这两家都被他排在行程表的最后。

当爬上再熟悉不过的石女士家的花园台阶时，维德感觉很不自在。"对她的拜访是很艰难的。千万不要触及私人话题，否则就会被她的眼光所控诉。"意料之外的是，这次拜访进行得非常愉快。石女士亲切、友善地接待他，就好像昨天维德还来过她家，而不是6个月没出现过一样。但同时石女士比以往都要客气，这让维德感到不舒服。她笑着对维德说："在除夕夜里，我替你占卜了一次。你知道把铅熔化倒入水中的算命术吗？我承认它是迷信的一种。但如果神的旨意是祥瑞、光明的，我就会很愉悦地相信。神的旨意说了有关你的事情，我非常相信。旨意说：有一天，你会遇到一个爱你而且忠于你的妻子，她谦虚、宽容并且慷慨，年轻貌美。她将会全心全意地为你奉献。会将快乐和幸福融入你的生命。此外，你们两个会有一对可爱的、让人看到就想抱起来亲吻的孩子。简而言之：你的一生会非常快乐。"

"我吗？快乐？"维德悲伤地说。

"是！快乐！和世界上每一个人一样快乐，也许你现在不相信，但是我知道。我相信你会快乐，因为你的本能当中就包含快乐。你知道我想做什么吗？我会爱你未来的太太，即便现在我还不认识她。在我有生之年我还能见到她吗？但愿我能！这将是我最后的快乐时光。如果上天不允，请将我诚恳的致意带给你太太。告诉她我打心底里祝福她，我感激她为你所做的一切。"

"太太？新娘？你说什么呀？想法太奇怪了。"维德感觉非常忧愁。他拜别石女士，继续他的拜访。在困惑至极的情绪下，他走向魏斯主任家。

在客厅他看见索伊达，膝头上抱着孩子。节假日的访客和礼物让孩子很高兴。她坦然地将手伸向维德，随和地和他说些应景的话："愿你新年愉快，万事如意。"

她这样说！她祝福他快乐！维德再次被忧愁击中，没说一句致意或者道别的话，就离开了她家。（这个维德是个奇怪的人）维德急忙地跑进后巷，又从后巷跑到郊区——望不到边际的城市，无数的人，惊奇的目光，所有的一切逼迫他向森林求救。但是他无力到达。在他几乎能远远地看见森林边缘的那些友善好客的松树时，他已经体力不支，跌倒在雪地上。他变成了一个麻木、混乱、呆滞的受伤者。他再也不能克制或感到羞耻，就像砒霜中毒已深。虽然知道在人群中跌倒是不合时宜的，但也顾不得这些，他在痛苦的痉挛下扭曲着身体。所以，维德哭了。此时他的肉体恢复神志对他说："我还在你身边。"一位怜悯他的农妇说："可能他的亲人刚刚去世了。"

眼泪好像一条找到水坝缺口的河，决堤而出，所有的渴望转眼间涌出眼眶。从今以后，维德只能在流泪或者怕流泪的处境里。在没有任何提醒下，他会突然被眼泪征服。不管是激烈的进攻或者是小小刺激：铃声、音乐，等等。他走过街道的时候，那飘零着的诉说着童年和家乡的雪花，甚至是苍蝇般简单的振翅声，也能给他造成像破伤风般强而有力的痉挛。一个人能逃到什么地方，才能无所顾忌地哭泣呢？为什么国家不为难过的人设置一个神圣不容侵犯的祭坛，让他们不会像珍稀动物一样被观看？每个人都拥有许多这样那样的无用之权，为什么却没有哭泣的权利？

爆发完之后，他的情绪好像是受到安慰一样得到缓解。他渴望看到一位陌生人友善的面孔，渴望见到从来没有伤害过他的人。因为这些原因，他尽量在客栈等公共场所出现，从而避开熟人。在这些地方，那些乡下人不会关注他，在他们的交谈中也不会出现他的名字，对此，维德都会倍感安慰。但他总是预料出错，因为这个镇子毕竟太小，最后他还是遇见了一位熟人。在一家啤酒馆里，他看见了摄政官。他喊维德过去坐在他的旁边，并向他介绍身边的一位奇人："爱德华·韦布，伦理学家。"摄政官还没有说完"伦理学家"四个字。维德就无缘无故地被刺激到了——一种爆发式的大笑。他的笑声很大，大到无法控制，裹卷了他整个人，甚至他必须站起身来在人群中大笑。维德拼命地控制自己的情绪，但是内心的刺激越来越激烈："嗯！他叫爱德华①，你看他脸上的一副世界和平的样子，就会知道了。除了摆出这样一副表情之外，他简直不会做其他事。"维德发现自己只能够大笑而且控制不住，于是跑到街上，甚至在街上他也放声大笑。路过的人被他的笑声所感染，也愉快地笑着。他们说："你看！他是多么愉快啊！"第二天，维德惴惴不安地想要去对被他"大笑"的先生道歉。但是当他要敲门时，全身上下都遭受到电击，因为门牌上很不幸运地有"伦理学家"4个字。赫然在挑战他。他退缩了两次，等第三次很严肃地逼迫自己又走上前去，但不起任何作用。那几个被施法的字不允许他跨过门槛。

　　从现在起，他不时地会大笑或者大哭。因为这些恶魔已经找到了正确的道路，所以他们不会放弃在上面频繁地奔跑的。即使毫无意义的一句话，对他来说也会引起一阵骚动。当他看到一只正在喝水的鸡，仰起头来，使劲把眼睑提上去的时候，维德大笑。在旅馆里，维德在桌子上读书，旁边桌子上有三个面粉工人正在吃饭，维德忽然大笑不止："好呀！三个面粉工人白花花地坐在一起！"

　　"先生！你在捣什么鬼，维德！"

　　"在过去的4个月中，你知道你都做了什么吗？"

　　某天早上10点左右，他的脑海忽然被一个火炬一样的想法所照

①Edward，在德语中其含义有"财富拥有者"和"幸福守护者"的意思。

亮，然后像火箭一样在他的眼前炸开。"如果宽容的心对你很有好处，那你为什么不去寻找这宽容的源头呢？解铃还须系铃人——不要再妄自菲薄了，你害怕什么呢？你害怕谁呢？她吗？一个女人能做出什么对不起你的事啊？害怕你自己？天啊！你看你现在多么卑微软弱！多么自卑！你满可以试试嘛，不会有很大的风险的！仅仅是问候一位女士而已！而且她也是你的朋友呢！而且你以前不是也经常地去打扰她，她也没有把你怎么样吗？如果要去问候的话，那么今天就可以去了！因为今天和明天一样美好，而且你能为明天去找一个更好的借口吗？"

"没有，今天和明天一样美好。"

"如果你真心想去问候，今天就去，不要拖拖拉拉，择日不如撞日。"

"这个想法很棒，先让我思量一下，观察一下里面是否安全，别到了最后时刻，让里面的那位兄台用他莫名其妙的问题捉弄得我下不来台。"

维德严格地审视自己，血液、神经，每一处都很安全。所以维德没有任何顾忌地向她走去。

维德一进门，就看见她一个人孤单地坐在缝纫桌前。随后一切都闪闪发亮，就好像透过水晶球看东西一样；一切都开始摇晃不定，急速地变动，速度越来越快。最后，维德狂风暴雨般的泪水决堤而下，他跪在她的面前，亲吻着她的手。后来，维德很羞愧于自己的这种行为，急忙地站起来，想要逃跑。

她热切地拉着他的手："你要跑到哪里去啊？你想做什么？"

维德哭泣着说："让我自己找个地洞，让灵魂羞死吧。"

"我不要你走，我帮你擦干眼泪。"

她将维德带进卧室："我真的不知道事情的过程。"她的声音越来越平静："我真的不知道，我做了什么事情呢？我是不是做错了什么？"

　　维德直摇头，像一位手术台上的病人一样听任处置。"多么可耻啊！"有时维德会哀号着，"多么可耻啊！"

　　"喜欢一个人不是什么可耻的事情！"她安慰维德说，"人自己控制不了这种事，还是说我太差劲，以至于喜欢我也变成了可耻的事情？"

　　维德不回答，紧咬着嘴唇，直到渗出血来。

　　这个时候，孩子在摇篮中睡醒，站了起来，伸伸四肢。他好奇地瞪着他看。母亲将他从摇篮里抱出来。"看呀！"她对孩子说，"你看，站在那里的那个人，多么可怜。他被一些事情伤得很深，但是没有谁故意伤害他。伤害他的是他自己，因为他活在自己的幻想里，为自己勾画了不存在的东西。""现在，承诺我，你不会做任何伤害人的事情。"在互相道别后，她这样对维德说。

　　维德离开的时候，她又对维德说："我说的是真的，如果你真的那么喜欢我，你要承诺我，不，是我命令你，你一定要再来看我，我要治疗你。如果你再了解我深一些，你就会明白，我是不是和你想象的一样，那么珍贵和那么不可替代。"

　　"向她表达我的爱情！"维德在回家的路上想，"也就是说，把自己毫无抵抗地交给她，就像药房里罗曼蒂克的学徒一样任她处置，像小说中的人物一样不顾一切、抛弃自己。我刚才就是这样做的啊。眼泪，亲吻，跪倒在地，我做了世界上所有的滑稽之事。我刚才就是这样做的吗，朋友，这种同情，这种怜悯，难道我还能做什么吗？"

"不用做什么。"他的理智回答，"只要你保持身体健康，一切都会好起来的。"

"但这是耻辱！耻辱！"

"和爱人相比，被爱才是更大的耻辱！"他的理智是正确的。而且既然已经这样了，就顺其自然吧！就和她说的一样。她不是说了——"你一定要再来看我，我要治疗你。"

不管维德听不听她的命令，再次去拜访她也不是什么难事。一个在忍受着病痛的人最终还是会接受止痛药的，甚至他会一再地问自己是否需要再吃一粒。疼痛的程度有各种各样，有的疼痛会让人忘记骄傲和自尊。这时维德的疼痛只能用一种方式表达："救命！"但是他顾不得疼痛，什么都顾不得。他只要他爱的人和他说话，那美妙的声音，那美妙的修辞。她甚至用手抚摸他的脸颊。他还要什么呢？在那里，有安慰，有救赎，有生命，世界上其他的任何事情都不重要了。

次日，他再次去拜访。第三天依旧。此后每天都会去。每一天他都会发现她孤单地坐在缝纫桌前。维德被允准用"可爱"来称呼她。多么自由啊！以前的时候他只能一个人悲伤地在离她遥远又冷清的森林里哭泣，现在他可以向一位温柔的人倾诉，让她美丽的眼睛融化他的悲伤。如果一个小孩哭泣，只需要看着他的眼泪说一些没有意义的话，就能让他停止。所以她那没有意义的话也为他带来了安慰。只要他渴望的声音回响在耳畔，他就会一切安然无恙。第二次问候，维德自哭泣中解脱，就好像伤口上的刺被拔出来了一样。每见一次面，他的情况就会好转一些。她说"我会治疗你"，而且她真的实现了。

维德很快就恢复了健康——其实，他本身就是快乐的。现在他拥有了一项特权，每天早上都能把他的爱献给她。在这一刻，维德感到非常满足，而幸福则从满足当中衍生出来，当然那一点点小小的痛苦也就不以为然了。他还有什么不满足的呢？每一天都能与她友好地相处一个小时。这种场景就好像是新世界的梦想之会，甚至更好，因为维德和她有了共同的秘密——维德的爱情。除了摄政官以外，谁还有这样的权利，拥有她这么多。不过摄政官的权利维德是不敢妄想的。她爱不爱维德，这一点维德也不操心，甚至他没有一点兴趣，因为深思熟虑的他已经考虑过这个问题了。他对一种信仰已经习惯了：一个人的救赎或者是毁灭，都是来自于本身的内在力量而不是外在的力量。一张面孔的作用甚至可以大过真理。因此维德并不需要她的爱。维德只需要她在身边陪伴他，可以随时让他那饥渴的心得到滋润，她的声音，她的动作，她的一切。

假如维德能把她带回家，而她没有拒绝，忍受着恨和厌恶。维德把她关在笼子里，绑在墙上，任她打骂、诅咒，只要能让他和她在一起，维德甚至都会铤而走险。但是现在，维德得到了她小小的宝贵的承诺：不用使用暴力，不用绑架，也不用把她绑在墙上，她会心平静气地出现，和他相处。只要她和维德在一起，她会将闯入者赶走。就算是她的哥哥也不例外。所以维德觉得某种意义上他们结婚了，而且是秘密地。这种感觉棒极了，越多越好。

他俩在这一段时光中慢慢地培养出了同盟情谊。在同盟情谊的滋润下，维德慢慢地了解，他不需要大声张扬，他的爱已经转向了低音，变成了和谐的低音。当然，这种情形虽然是表面上的，但是实际上，是已经有了和她交谈的机会。他俩尽情交谈，即便有不和谐的哀鸣掺杂其中。他们像兄妹一样一起欣赏着艺术品，交谈着，共同弹奏只属于两个人的钢琴曲（我以前以为你没有音乐天赋呢）。或者她来讲述她童年的故事，畅想孩子的未来，给维德介绍房间里的一些展览品。他们甚至可以像归巢一样自由自在、无拘无束，互相开对方的玩笑。

"我就是你所说的邪恶的女人。"她笑着。

"吼！吼！"他恐吓，做出吓人的样子，把手捏成爪状。

"来呀！让我看看你以前恨我的样子。"

"我再也不会那样了。"她很诚实地公布。

有一回，她不小心掉落一枚针，维德迅雷一样地接住了。她喊："高尚、身手敏捷的骑士，你接得很好。"

"丰斯尔①女士！你的针。"维德一面回答，一面向她鞠躬。

在一起弹钢琴的时候，如果全神贯注的维德不小心碰到了她的手，她会推他。在说话的时候，维德不留神说了脏话，她会打他的手臂。有一天早上，她像一只金钱豹一样从隐蔽的地方蹿出来，抱紧他的脖子说："今天是你的守护圣者②的诞辰。"

维德只对一件事感到疑虑和不自在。摄政官呢？怎么从来没见过他呀？我们怎么做到的这样每天秘密相处？虽然偶尔会有马靴移动的声音从楼上传来，甚至还有类似警告的烟草的味道从门缝中飘进来。秘密的相处对维德来说是非常甜蜜的，但是对于良心来说实在是太痛苦了。虽然他们没有做什么坏事，但他也不能冒昧地上

①歌德女友的名字。
②天主教当中，很多人都会把和自己同名字的圣者作为自己的守护人。

楼对摄政官说："主任先生，你知道最近的事情吗？我很自豪地爱上了你的太太，但你依旧能够安稳睡觉，因为我们两个就像逾越节祭坛前面的白羊和黑羊一样纯洁。"这种维多利亚式的禁欲让他恶心。因为他认为他们所做的，不仅不是什么坏事，甚至是高贵的。而第三者对他们感情的无论怎样的判断，都是一种对他们友谊的亵渎。"不管怎样，这是她的事情，摄政官是她的丈夫，又不是我的，如果她的良心过得去，那……"

这种情形保持了几个星期之后，她的态度就有了很大的变化。她变得暧昧、多变、矛盾。维德再也找不到以前的她了。刚开始，他对于她的故态复萌有些惊讶。三人成虎，谣言可畏，而且谣言已经得逞。散布谣言的人可能是她的女士朋友，也有可能是嫉妒羡慕她的人。

如果正门不通，可以尝试歪门邪道。她没有用任何理由来断绝两个人的交往，或者用微小的眼光来暗示他。正因为这样，她狡猾的变化，让他的心疼痛不已（这颗心已被她踩在脚下）。她指责他的心里面有着狡猾和欺骗。

所以在维德提到梦想之会的时候，他们有了这样的对话：

"明确地告诉我，在那个时候你到底爱不爱我？"然后她边摇头边说，"我想你根本就不是真心爱我。"

"你怎么会有这种想法？"

"因为你说过很多既夸张又讨好的话。"

"我从来没有说过一句夸张讨好的话，我只是说你的美丽无法言喻。而且我现在依旧认为，你就是不朽的象征。"

"就是这样的话，无聊、甜蜜、索然无味。这种话对啰唆、喜爱流行、有受难心理的女人有效，但是对我一点作用也没有。"

"现在呢？"他笑着说，"你还是认为我是假装的？就在刚才，我明确地表述你的美丽是无法言喻的。而且直到今天，我更加认为你是不朽的象征。"

"嗯？"她不信任的眼神说，"有时候是，有时候不是？"

维德明白了她的想法，因此原谅了她："这位传统的德国妇女不敢承认在疯狂的状态下会有真诚的爱情存在。"

她的所作所为让维德对事实有了一些了解。比如在谈话的时候，她会把孩子从摇篮中抱起来放在膝盖上，好像是拿着一面盾牌。或者是当维德出现在她家门口时，她会警惕地靠在门上，而不是立刻邀请他进屋。她的眼光中透出威胁："坏狼，不允许你进入我的家。"虽然，她总是会让他进来的。

在其余时间里，疑心的夏娃就会在她的心中兴风作浪。如果维德有一天没有出现，她就会要一个解释。如果在街上维德和别的女人讲话，被她看见，她就会用玩笑般的语气和非常敏感的声音，大声地控诉他："你和别人一样也会结婚的。"然后，她的语言就会变得尖酸刻薄，就好像他做了什么低贱、无礼的事情一样。有时候，疑心病也会来到他的身上，折磨着他。为什么不折磨呢？趁你仍然年轻！时间飞逝，在短短的几年后，天啊！它就再也不能折磨人、玩弄人了。

她虔诚的宗教气息，就常常会折磨到他。她不断地用心平气和的语气提起她的丈夫。给维德看摄政官最近的照片。"这是他的生日照。"要不然，她会幻想"我们的"小孩，甚至是当"我们"年华老去，不再年轻……

"'我们'是谁？"维德问。

"嗯！当然是我丈夫和我啊，还能有谁呢？"另外，在毫无先兆的情况下，他们中间还会出现一位第三者：她的孩子——小克特。因为维德和他很亲密，也许出于对他母亲的爱或者恨。刚开始，维德根本没有注意到这个生物。但是很自然地，这个小家伙开始依赖维德。他摇摇晃晃地朝维德走去，好像朝父亲走去一样——一位没有期待的父亲。维德永远不会对他发脾气，不会禁止他做任何事情。只要维德和小克特在一起玩耍，母亲就会有意无意地远离他们，专注于自己的刺绣，努力让自己变得不存在。只是偶尔，她才会深深地吸口气，看着他们。她抬起头，眼中充满了灵性和神圣的光辉。仿佛只是出于她的祈祷，这个世界上充满了爱。

突然，不知道为什么，有一天早上，她很粗鲁地接待他。"你什么时候离开啊？"她粗鲁地问候。

"为什么？你要赶我走？为什么这样？"

"是。"

"你伤害到我了。"

"你也伤害到我了。"

"我——你？"

"是——你说了一些你本来不应该说，而我也不应该听到的话。"

"可，我并不知道为什么会这样，但是我必须要说。"

"一个人不应该做他不应该做的事情。"

"大自然是没有什么应该不应该的，这种字眼只有人类社会才会有。还有，如果你要我走，只要你说一句话，我就会离开。那么！请你下令吧！你要我离开？明天？还是今天？"

她阴沉地看着他，看上去有些焦虑不堪。忽然她走到窗户前，背对着维德。他好像是被磁石吸引住了，走到她的身后，很轻柔地用手指轻碰她那下垂的手指。她并没有把手挪开。两人的身体在这一刻合为一体，电流急窜过他们的身体，让他颤抖、痉挛。如果灵魂尚不能够产生这样的神奇，那么肉体是一定可以产生这样的神奇的。

　　在一片轰鸣声中，他的脑海中出现了一个想法"现在！"他的想法督促他！"就是现在！不然你会后悔的，也会被人取笑一辈子。"

　　"那么，就后悔一辈子好了。"维德下定决心，松开她的手。

　　一个嘲讽的声音在他的身体里爆发了："伪君子、伪君子！"

　　维德转过头，向肩膀后面看去："你们这些假惺惺，只会破坏别人家庭的人啊。"

　　危险的境地！漫无目标的企图！这个新生的幸福应该去往何方？她会怎么样？她要怎么样？会有什么决定吗？这一些全无意义。现在他的责任是，无论在什么情形下都不能让她蒙羞或者不幸。

疼痛的心

直到有一日，维德才真正意识到自己真实的感觉。这一天清晨，维德去看望查理太太。在查理太太家，维德与索伊达不期而遇。索伊达的心情不错，而且她有和别人开玩笑的小习惯，此时表现得兴致勃勃。总的来说，因为他们两个对彼此已经十分了解，所以能够很亲密地坐下来交谈。维德停留了很长的一段时间，比他预期的要长。友善的精神魔法让他们两个紧密地联系在一起，无法分离。

直到索伊达友善地伸手道别时，维德因为被之前的和谐氛围所迷惑，情不自禁地说道："你难道不和我一起走吗？"

"当然不了！"她用看上去很有趣的神情说，"希望不会！"

"那你要到哪里去呢？"

"这是多么可笑的问题！当然是回家了，我的丈夫和孩子等我回家准备午餐呢。"

"我呢？你不打算邀请我吗？"

"啊！当然不！我的丈夫会很高兴看到你的。"

索伊达不属于他！维德就像是一支鸟枪打中的猫一样狼狈地逃回家。索伊达不属于他！而他原来以为他的爱是纯洁的，没有欲望的。维德原来认为在人性上，一个人爱上另一个人，可以不需要另一个人陪在身边。可是事实上索伊达不属于他，更可怕的事实是：索伊达是另一个人的，属于另一个陌生人。当然，这一点他早就知道了，只是在现实生活中却是第一次清楚地认识到。索伊达因为别人才把他留在那里，甚至说"我要回家"。

猫在被鸟枪打中的时候，伤口的疼痛和受到的惊吓比起来算不了什么。但是这一刻，在万物沉寂的时刻，伤口开始隐隐作痛。这个特权是多么让人愤怒啊！这种说法是多么侮辱人啊！他必须夜以继日、岁岁年年直到世界末日，都要无止境地等待。但是另一个人却可以时时刻刻和她在一起。只有他维德一个人不能拥有她！不只是一个夏天、一个月，甚至是连一天都不能拥有她。那个人是她的一切，维德却什么也不是。那个人不只是和她住在一起——而且——啊，这种想法——不！滚开！另一个人拥有的已经够多了，让人更加难过的是索伊达除了每时每刻都与那个人在一起外，还要分享给那个人爱情和友情。那个人难过的时候，索伊达会在身边安慰他；那人如果病了，索伊达会耐心看护；那个人如果死了，索伊达则愿意很快追随而去。假如人死后能够复生，即使死去的索伊达睁开眼睛的第一时间里，肯定满世界要找的人也是他。这个人是有多大的本领啊，能获得这样的福气。这个胆大包天、无规无距、毫不畏惧的人到底有什么奇特的本领呢，能够享受让人羡慕的所有骄傲。难道他不是一个普通人吗？还是说他比别人更有天赋，以至于让他拥有别人羡慕的东西？

　　毫无希望，根本改变不了现实。不管是靠执着还是运用灵活的脑筋，根本找不到一点点的机会。相反的，每时每刻，不论白天还是黑夜，不管刮风还是下雨，不管日子还能经历什么，有一件事是确定的。每一天都和之前一样，毫无改变。时间只会加深他和索伊达之间的鸿沟，而使索伊达和那个人的关系更加紧密。对于彼此的了解，共同的记忆，对彼此的责任和感谢，都不会因为时间的推移而有所减少，相反只会更加深刻。索伊达和那个人的孩子，让索伊达注入了更多的心力，也增加了她为人父母的欢乐。而且，这个孩子不会是唯一的一个，也许还会有小弟弟或者小妹妹接踵而至。怎么不会呢？又没有人能够禁止！

　　维德小觑了婚姻的威力。一开始他认为那个摄政官只是一个摄政官，起到的不过是代理和摄政的作用，认为婚姻中仍然有他分享的余地，甚至是公平的分享。那个人可以得到肉体，而他可以得到灵魂。所以他尽可能清醒地监督自己，但是有一件事却被他因为没有生活经验而遗漏了。这件事非常重要：肉体的秘密。动物的天性会让一个母亲被迫放弃天堂和世界上所有美好，就只是为了生育和养育子女。女人被迫把心放在肉体的后面，让她自己的每一寸细胞都属于她的丈夫。这种动物的天性已经深深地烙印在她的身体上，让她从处女变成女人和母亲；这样的动物天性让她万劫不复地爱上那个人，甚至是她原本非常厌恶的人。洋娃娃、小宝贝、爸爸，女人的一生用这三个字眼就可以诠释殆尽。多么可悲啊！那些女人自问一下是否会爱上和他们结婚的男人。让我们一起嘲笑那些因为走上结婚的红毯而怨恨着对方的女人吧，因为婚姻比怨恨伟大，比爱情长久！

一位年轻美丽的女子和她讨厌的人一起走进教堂，看她的脸色苍白如纸，就像是赴刑场一样。她的心已经死去了，已经属于别人。但是 20 年以后，我们再看看她："孩子们，高不高兴啊？爸爸明天就要回家了。""我们一起为爸爸祈祷，祝愿他健康平安！"相反的，另一位，她曾经全心全意地爱过的人，在他死掉的时候，也就只会引起她的一点点的悲伤和忧郁，顶多会有一两颗用力挤出来的眼泪。在这件事之后，爸爸仍旧还是第一位，这就是婚姻的伟大之处。

不！根本没有指望！一个人和天生的本能做抵抗是很愚蠢的！挑战世界法则是疯狂的行为。真理告诉维德："万劫不复！"他悲哀地承认："是！是！"

维德终于了解到了把人当作神崇拜，是要受到诅咒的。你们这些崇拜天上的神的人，不论你们的神是暴力的耶和华还是以人体为祭品的怪物莫洛克①，至少你们都是值得羡慕的。因为不管是什么神，他们都会有一颗怜悯的心，不会置你于死地，更不会有任何一位神对侍奉他的人说："我不认识你！"居住在天上的神永远不会像石像一样铁石心肠。至少崇拜这些神不会有任何的阻挠，因为他们是如此的伟大高尚，他们不是卑微的人类。在他和神之间不会存在魏斯主任，崇拜天上的神更不用顾及克特的喜好，天主教的圣母也不会去生一堆的小孩，甚至会为了这些小孩而忘记自己的职责。崇拜一个人就像是崇拜一只虫子一样愚蠢。维德在头脑清醒的情况下想到这些问题。但是炎症已经恶化到一定程度，光是意识到它根本不足以消灭。看呀，就只有一小块，一小块类似灰尘般的毒区就足以让

---

①莫洛克，古代腓尼基人信奉的火神，以儿童作为祭品。

他全身发白。他的这些伤口，就像是被火烧火燎一样疼痛。但是为了消除这火焚的痛苦，他的爱就是信仰。因为在索伊达和伊玛果的象征意义当中，世界上所有的一切生物都会和谐相处，就像在看到了一位慈母的脸，就能够看到他的家乡和所有往事。维德感到从他的灵魂中升起了一种刻骨铭心的疼痛，所有的一切幻觉、意义、光亮等都变成了一座连接现实世界和虚幻世界的桥梁，而桥上的每个人都血痕累累。他这一生的经历好像都只是沉溺在思乡的幻境里。这思乡是对万物归一的共同的思念。他渴望寻找自己，这其实就是一种思乡症，但是那块乡土只存在于他自己的身上，而怀疑和不信任的魔鬼横亘其间，让他可望而不可即。

维德是一个很具备思辨精神的知识分子，如果他被蛇咬过，他一定会找出那条咬过他的蛇来。所以他与理智进行的关于什么是爱，什么是无情、冷酷、麻木不仁的讨论，都没有什么效果，因为他的知识派不上一点用场。他只是个善于思考的人，除了思考他一点办法也没有。即便是心痛也不能阻止他进行思考，相反的心痛之苦更加激励着他：你醒着吗？你时间充足吗？我能帮你解答疑难吗？怎会有可能呢？一个人将世界上最好的安慰和最美的奇迹都给了另一个，但是另一个却不用爱情作为回报。

他的理智回应他：你可以把所有的资料整理好，进行一下对比。

"你爱神的时候，神爱你吗？""毋庸置疑。"

"你爱宗教的时候，宗教爱你吗？""有！很少！"

"你爱克斯提尔·阿拉地女公爵时，她爱你吗？""可能她根本不会记得我。"

"你爱一只蜗牛的时候，蜗牛爱你了吗？""它根本就不会爱。"

"现在，到了得出结论的时候了。生物的灵魂越是低等，那么这个生物爱的能力就越低下。冷酷无情只是灵魂智力低下的沉闷而已。"

"你要永远记得这件事，并且牢牢地印在心底，爱一个人的力量来自于一个人的灵魂的高低。但是你却拿着索伊达作为镜子，不断地往后看着她，甚至还活在对她的渴望中。你的思想、知识都高于她，却像是渴望圣杯一样渴望她，像濒临渴死的人渴望泉水一样渴望她。维德，你该为这种情形做出一个解释吧？"

"愚昧！愚昧至极！"他的理智笑骂他。"如果你继续愚昧下去，那么有一件事是肯定的，总有一天你应该恢复理智吧。"

于是维德决定和他的理智商量一下索伊达的事情。虽然他进行了讨论，但是仍旧没有什么结果，就像那场牙痛，时间越久疼痛就越深刻。即使不去刻意想，但是疼痛还是会不停地提醒他。除了疼痛就是疼痛。他有时候会想是不是沉迷在金光闪闪的宗教中或者是诗歌的创造中就可以脱离疼痛，但是不幸运的是他永远被束缚在诅咒中，她永远站立在他的眼前。她出现的目的，就是用她那美丽而冰冷的眼神从四面八方摧毁他。

噢！你这个没有良心的人，你竟然嘲笑单恋痛苦中的我。用一位母亲做例子，解释我的境况吧：一位母亲亲眼看到她死去的儿子从坟墓中爬出，在天堂的圣光照耀下复活，在她的眼中她的儿子依然是那么俊美，于是她急忙走上前去问候，但她的孩子却转过头来，用陌生的眼神看着她问："请问你需要什么吗？"如果在你身上发生这样的事情，你还能笑出来吗？维德认为现在他身上正发生这样的事情，甚至连感觉也一样。他觉得自己身体最重要的一部分已经从身体里脱离，而且已经发生改变，与他形同陌路。多么痛苦啊！多么无法忍受！有时候他会产生一种幻觉，甚至觉得这种事不可能发生。

可是维德是坚强的，他不是那种懦弱的人。所以他向他的理智求救："我该往哪里逃？事情的经过就是这样子，但是我必须继续活下去，我该怎么办？"

他的理智回答他："快来，跟着我，我给你看样东西。"他的理智带领他进入屠宰场。"看看这些吧，然后我觉得你比较能忍受你的现况了。"看完以后，他们返回家。他的理智继续说："你要明白，处理这件事的艺术在于不要做你无法处理的蠢事！最好不要有任何行动，只要咬牙忍耐。你也可以大喊大叫，我觉得这样做最好，只要你不动手。现在最重要的就是忍受伤痛，一个小时就是一天。只要忍受一小时就能忍受一天，只要度过一日就能度过一年。但是记住，千万不要，特别是现在，不要做伤害自己的蠢事。一个顶天立地的人一定能克服一个小时，更何况你是个男子汉——当然这些的前提是你是健康的——对，你看上去很健康——埋头于工作中，就能忘却时间。让它疼痛去吧，但是不要在意，这不是我们需要关心的事情，而且疼痛即使没有我们，也依旧能活得很好。你只要工作就好了！你现在知道应该怎么做了吧。"

维德当然知道自己应该做什么。因为他的职责就是侍奉信念女神。她是他最伟大的女神，在她的照耀下所有制造疼痛的魔鬼都会遁迹。虽然有时候他们会偷偷地溜出来揍他一顿，但是又在信念女神的照耀下落荒而逃。

当然，即便是最艰苦的工作，也得有休息的时候。夜晚，在身心俱疲之下，疼痛对维德的攻击愈演愈烈。有一回，他在图书馆中平静地走着，在一侧整齐地摆放着一本本的月刊。维德在那里驻足，随意翻看着。突然，他像是被蛇咬到了一样跳起来。原来是有一本月刊的出版期正好是他们梦想之会的那一年。所以从此之后，维德总是会绕一大圈，避过这个摆放月刊的地方。

还有一次，他路过服装店，看到橱窗里展示着一条镶嵌有绿色纽扣的白色连衣裙。他立刻想起了索伊达，噢！让他感觉好像中暑了一样！他仿佛看见索伊达穿着白色的裙子，裙子上系着绣着绿色和金色丝线的白色腰带。

还有一些其他的类似的事情，原本看起来没有一丝毒害，却都深藏着蝎子的毒刺，勾起他的回忆。这把梳子看起来很干净吧，还有这把裁剪刀，但它们都暗藏杀机。梳子是在梦想之会前买的，而裁剪刀是在他们梦想之会后的那个月份里买的。每一次，维德受伤害的心都会大喊大叫："怎么可能！不会是这样的！这绝不会发生！""咚咚咚！"这个时候他的理智会警告他，"不准玩花样！是！是可能的。"他很快开始呻吟，想要发泄一下。

就是这样，每时每刻，维德都要英勇地奋战。大部分的奋战他都光荣地赢了，最差的时候也是打成平手，从来没有失败过。

但是一旦夜幕降临，那些夜晚！他在白天想方设法压抑的灵魂的渴望会全部燃烧起来，不再受他工作、意志或是理智的束缚。他的渴望像水刚烧沸的茶壶，壶盖下面是翻滚升腾的浓浓的烟雾。每一个夜晚，他都会梦到她。每一个梦中都有她。维德从不气馁地将索伊达娶回梦中，而且固执地说："只有现在才是真的，反之都是假的，都是幻境。"每一个梦都是独立的，每个梦都是关联的，今天的梦和昨天的梦不同，但又是上一个梦的延续，像长篇小说一样章章相扣。他的梦就像是一条长长的锁链，将他困在其中。也就是说，他有着"双重的生活"。在梦中，他热切地和索伊达合为一体。在索伊达的微笑下，他容光焕发；在索伊达的眼神下，他精神十足。在梦里，他会和索伊达耳鬓厮磨，无话不谈。梦中到处都是丰富的生活，充满着色彩和欢乐；而白天就是毫无希望，痛苦的存在，是无边无际的、万劫不复的痛苦。为什么要醒来呢！只要还不曾绝望，只要在疯狂的梦中能够安慰他白天所受的伤害，那就一直梦下去吧！为什么要醒来呢！

"如果只是这样，我倒是有一剂特效的药，一、二、三！"还不等维德说些什么，他的幻想就为他准备了一架动画播放机。节目马上开始。一个需要假肢才能够站立的人，是谈不上健康的。但是他可以假想自己是健康的，只要不去注意自己的假肢就可以了。

一个低贱的老妇人坐在门口：她的美丽已经逝去，朋友、追随者已经消散。她用小心翼翼的、弱小的眼光乞求着。"当然，在我又老又丑的时候谁也不认识我了。"她的眼神控诉着。维德叫道："索伊达，我的新娘！你是想隐藏自己的年轻美貌，所以借来了这副年老的面孔？但是你不会成功的，梦想之会的神圣光辉已经泄露了你的秘密。你又为什么用这副低贱的面孔显现在我的面前，我的女王，我在尊贵的您面前屈膝致敬。"

索伊达回答："上帝是仁慈的！现在我又老又丑。竟然还有一个人愿意给我更多的爱，比我这一生获得的还多！"

"这个如何，你可喜欢？"幻想微笑着，一边继续播放着动画播放机。

维德紧接着看见索伊达被放在病床上，大火将她烧得面目全非。

她的亲人已经抛弃了她。维德对人类的悲惨命运感到触目惊心，内心虽然恐惧，但仍然走向她，像走向祭坛一样。

"这幅画面并不美丽。"维德向幻想抱怨说。

"当然啦，你的爱甚至能够超越恐惧和厌恶，这才是真正的美丽之处。等一下，还有别的给你看。"幻想继续播放。

一位地位低贱的女人，被世界唾弃；一个女酒鬼因为酒精中毒在地上打滚。

"呸！"维德脸色深沉地叫喊，"滚开！这是疯狂的犯罪表演！索伊达是最谦虚、最纯洁的！"

"可——如果呢？"他的幻想像蛇一般嘶嘶地叫喊，"告诉我实话，如果她这样，你会怎么做？踢开她吗？你沉默不语。够了，已经够了。顺便提一下，我还有很多其他风格的——不想看吗？真可惜！太不公平了啊！几个风格还真有些可爱的小插曲，说不准你可能会喜欢严肃一点的，是呀！等一会儿。"

幻想又给他看了一个女人穿丧服的画面。维德狂怒地将动画播放机摔在幻想身上。但同时维德又很喜欢幻想，因为只有幻想才这么疯狂，才会给他看各种怪异的画面。

维德开始回忆他还没有落入这种宿命、无法挽救的角色之前的景象。当时的景象并不是地狱而是像天堂一样的美丽。回忆一下他们6个月前的幸福，那6个月的幸福在他们的门外愉悦地走动，等待着他接受。维德想，在当时索伊达因为怜悯，所以他才能轻而易举地得到她那宝贵的友谊——而现在对他而言，友谊已经不现实了，因为友谊已经完全被怜悯所代替，几乎要令人窒息。索伊达不论是肉体、灵魂还是爱情，一句话都会让维德在回忆的折磨中变成一个悲剧角色。色彩鲜艳的回忆几乎要让维德后悔。他几乎要后悔自己的固执了。但幸好，只是几乎，而他还没有后悔。虽然维德现在活在地狱般的痛苦中，但是他一点也不后悔。因为如果他开始后悔了，就没有任何力量能将他从绝望中拯救出来。不！他没有后悔，虽然渴望像钳子一样夹住他，内心的哀号是那么的凄惨，但是他还是义无反顾，没有一丝的不悦。所以在他痛苦的时候，他的身体发出一道和殉道者一样的光芒。他可能在极度痛苦无法忍受的时候呻吟过，但正是如此更加证明了被他侍奉的神的伟大。因为这个，维德的精神又被提升了一个境界。他的精神是高贵的，身体随着音乐而律动。他的眼睛不会为了任何痛苦而流出眼泪，满是被神感召的喜悦，并且这种喜悦深入内心。有一天，一位眼科医生在街上拦住维德，请求被允许仔细观察维德那双令人惊艳的眼睛。

排除内心的喜悦，他也有被诱惑的一天。有一天，魏斯主任为儿子克特过生日。此时的维德虽然不适合进行拜访（小丑，怪物，本来一切已经正常了，怎么又要扮演隐士呢），因为他认为在这个时候还是不要引人注目为好（只是为了礼节）。他决定参加生日晚会。晚会的时候，上演了一幕寓言喜剧（又是那个天才克特的创造），索伊达是剧中的母亲饰演者。她身着白色衣裙，身背两个大翅膀，口中念着毫无意义的诗歌。为了更好地演绎角色，索伊达将头发散开，并且戴上了一顶小金冠。维德在看到索伊达饰演的天堂里的人儿时，他的心批判着自己："快看看！你这个蠢货，为了这个已婚女人，你放弃了多少！"表演结束后，索伊达仍旧是那身仙女的打扮。于是索伊达的形象与家庭主妇，喜剧人物与现实生活，在维德的脑海中混杂起来。当孩子被抱着去接受祝福时，房间中突然升起一种肃穆的气氛，索伊达的额前散发出神圣的光辉，她祝福着这个地方和这个时刻。所有人都用一种无言的感激和友善态度沉醉其中。此时的维德，内心不受控制，甚至变得癫狂。他这一生从未这样过："即便是天上的和地上的诸神，甚至是每一种责任、高尚和智慧都联合起来一起反对我，我仍旧会坚持：世界上任何事情的价值都比不上能够拥有自己想爱的人，上天入地都不能找到替代品。如果一个人是在无所不能的上帝指示之下放弃了这项权利，那么这个人也不能被称为殉道者，他只能是个蠢货和笨蛋。因此，即便我受到万劫不复的诅咒也是自作自受。"

维德急忙地奔回家中，大喊大叫。此时的他急需信念女神。他的呼唤就像是信徒哀求神一样急切。

"救救我！"维德呻吟，"我承受不了了。你们给我定下婚约的未婚妻，你们的女儿，在你庄严的见证之下让我们结合。伊玛果，我的新娘、我的妻子，她到底认不认识我呢？她竟然轻视我，不把我放在眼里。请不要将我那颗饱受摧残的心的痛呼曲解，也不要将我这颗正在滴血的渴望的心扭曲。即便时间回溯，我还是会拒绝和她做好朋友，是的，我会拒绝。我宁愿痛苦、空虚、悲伤、忧郁，但是我会因为你而快乐。为什么如此的恐怖？为什么缺乏人性？难道爱她真的是天大的罪过吗？只是为了伟大，我就必须要承受常人无法承受的痛苦？如果你想减轻我的罪责，就请拨开你女儿的双眼，让她看看我。请告诉她，让她把我当作她最好的朋友，让她至少给我一些青睐，哪怕一眼也好。请让她把这些请求牢记心底，命令她。如果你不能答应我的请求，那么，请答应我，让我不至于沉溺吧。"

信念女神的身影浮动在房间里，维德坚强地站起来，他必须承受一切痛苦。

悔过从善的人

就在这个时候，索伊达的形象突然变幻成为梦中佳人伊玛果。她站在他的面前，为他点燃了天堂般的光明火焰。她是被信念女神拣选出来的忠诚的女儿，他的一生中最神圣的时刻唱歌的歌者。维德的爱就像是宗教信徒一样，多么的美妙啊！如果仅仅是梦中佳人伊玛果的话，她是超越了形体、不可触摸和象征的存在的，可是现在，他崇拜的女神就在他的旁边，他可以看得到和触摸得到。

当然，在他的四周是那些幼稚的人的面孔，他们在讽刺、取笑他的信仰！"太疯狂了，太愚蠢了，太丢人现眼了！一个普普通通的魏斯主任太太，充其量不过是理想社的名誉会长，你却认为她的身上闪烁着上帝赋予的光芒。快去看医生吧！维德！在你发疯之前到医院里预订一张病床，趁现在还来得及！"无数的经验之谈，立刻来反驳维德的信仰了。其中有一个最大的声音喊道："你该停下了，注意，我这里有一个铁一般的证据可以证明你是错的。"但是信仰需要证据吗？信仰会因为没有证据而退避吗？"小心！房子门口有三层台阶！"

他的心只要一听到这句话，就会欢呼起来。那发自内心的热火般的爱就像春天的洪水，将那些芸芸众生的鄙人之心从他心头冲刷干净："不论经验、疑惑和证据的求证，还是仅仅的幸灾乐祸，所有的这一切都被驱逐了，就像狗被赶出教堂一样。"

她出现了！在她的注视下，山林、田野、平原都改换新颜，大街小巷都因她的经过而获得祝福。他觉得自己周围的环境、自己的活力，甚至是自己的存在都超凡脱俗，凌驾于芸芸众生之上。他的每一个呼吸，都满是拯救的气息。幸福的花朵在他的周围竞相开放。他的眼前满是阿拉伯式的彩饰花纹，他的耳边是风琴的鸣响。所有的琐屑小事，就如同是铁匠的敲打、孩童的嬉笑、林中的鸟叫，声声汇聚成了宇宙中最宏伟的乐章。只要一想到索伊达这个形象，他就觉得人生无比充足，甚至都不需要真实地看见她。而且，他宁愿在私底下崇拜她，在不被她注意的角落里默默地崇拜她。

但是，他的脑海中闪现出了一个无法忍受的念头：她已经给他判下了万劫不复的罪名，却不知道他已经悔过从善了。他对这种想法忍无可忍。可是他又不能亲自跑去，告诉有血有肉的魏斯主任太太他已经悔过的事情——不论是说还是写，都不能。否则他必须在坦诚的同时表白他的爱意。对于自己的爱情，他是如此的骄傲，以至于他不愿意表白，因为他知道她并不爱他。——当然！不仅是爱情，他们之间还有其他的感情。但是在爱情的影响下，所有的感情最终会以求爱的形式出现。他要做一位真诚的崇拜者而不是爱人。幸运的是，他了解了一种更好、更深、更快的沟通方式：一种灵魂与灵魂的对白。

他给灵魂下达命令："去见索伊达，我的梦中佳人伊玛果就在那里，告诉她：'在这一种盲目的痛苦折磨下，从前的那个人与你为敌，不停地找你麻烦、困扰你，但是现在那个人已经死去，在你面前的是一个已经悔过从善的人。他虚心地承认了你的高尚，并称呼你为梦中佳人伊玛果。他恭敬地崇拜着你的形象，认为你是不可侵犯的神圣的象征。'去，把这些话告诉她，然后，带着她的回信回来。"

灵魂是这样回复他的："我见到她了。当时她正在窗边向着满天的星斗祈祷。她听完之后，给了我一个坚定的答案：'我是个女人，以知书达理为荣，以高尚纯洁为耀。离我远些！你这个浪荡的纨绔子弟，你这个讽刺、羞辱、轻视女人的浪子。在我还没有相信你悔过之前，接受你应承受的惩罚吧！首先，你必须承认端庄、谦卑有礼的女人的价值。'"

他得知消息后，再次派灵魂前去："你要求的悔过我已经做好了：我凝视你的眼神，你的那双眼睛就已经惩罚了我；我凝视你的额头，你的额头判我不可宽恕的罪。请聆听我悔过的誓言：庙门开启，一位女祭司站在门前，一群世俗的女人跟随她的身后，既有活着的也有死去的，既有真实的也有欲壑难填的。我看着她们，相信我能看得出：高尚纯洁的女子，她的思想如诗歌一般，她的工作就是奉献自己；她的脸上闪现着无上的荣光，她每一投足都释放着高贵和伟大，她每一举手，所有的平凡、普通和庸庸碌碌都逃入黑暗；随着她的走动，太阳也会欢乐。喔！女人！你多美呀！看啊，她正俯身慰问生病的人。我不禁高喊：你的头脑中满是智慧。未出阁的女人们，膜拜吧！因为你们的王后是这么富有同情心。去吧！告诉她我的誓言。"

灵魂再次传回消息："我看见她正低头哄着摇篮中的孩子。她抬头看我，坚定地告诉我：'我是个忠贞的女儿，我的一切都全心全意地奉献给我的爱人和我尊敬的人。走吧！浪荡子！你这个轻视我父亲、羞辱我兄长的人！在我相信你诚心悔过之前，先学习怎么尊敬我的父亲，并与我的哥哥和好。'"

　　他一听到这个命令，就开始哀号："我不要尊敬她的父亲，也不要和她的哥哥和好。因为他们都是灵魂的敌对者，是真理的绊脚石。在上帝赋予的权力上，我比他们高尚得多。"他喃喃自语，厌恶地呻吟着。然后，他的理智对他说："有些话我不知道该不该说？"

　　"说！"

　　"一个人的高贵在于他肯不肯承认别人的价值。即便克特是华而不实的，但是与他和好能够让别人对你另眼相看。你应该顺从他一些，然后听天由命。来吧！墨水和笔都在这里，写一封道歉信吧。从此克特就不会再困扰你了，你马上就能从重担中解脱。"

　　他的心讨好地对他说："除此之外，他毕竟还是她的哥哥。"圣骑士则劝慰他："如果你能淡定自若地道歉并以此为戒，这种承担不会有损信念女神给你的荣耀的。"

　　"不！我不要！"他咬牙坚持说。看呀！一道犹如天堂似的蓝色光芒透进他的房间，紧接着号角声传来，其中夹杂着她的清音："小心！房门前有三层台阶。""是梦中佳人伊玛果！"他的爱意喊道，"多么高尚、纯洁、善良的人啊！我相信！"他火急火燎地给克特写了一封道歉信。信的内容尽可能的简洁诚恳，他有意地寻找适合自己的字眼，而不是抄袭，以免出现没有创意的局面。

过了几天，他收到一封匿名的铅笔信："第一次尝试鸣叫，难免会大声喧哗，第一次尝试飞翔，难免带来嘈杂。但是，看啊，哲学家们、学院派学究们，那只鸽子已经飞入蓝天！"

凯勒太太帮维德解答了疑惑，她说："这的确是克特的亲笔。"这句话是维德自己说的。显而易见，克特很满意这句话。他们很快和好了。

"真是独树一帜！才华横溢！"凯勒太太热情洋溢地说。

"现在你明白了吗？"他的理智在歌颂，"难道你感觉不到轻松自在吗？我想知道结果。"维德回答："我不仅是轻松快乐，甚至有些飘飘欲仙呢。"

"所以，我们接着努力吧！第一步已经完成了，第二步是尊敬她的父亲。"

维德自说自话：他既然是索伊达的父亲，那他们两个的面部表情一定有许多相同之处，或许我可以先试试尊敬她父亲的面孔。他跑到书店，然后买了一幅画像。他将画像挂在墙上，像是挂上去的是他崇拜之人一样。他仔细地观察着这幅表情坚决、眼神不满的画像，突然，又像往日一样，嘲讽谩骂起来。他迅速地将画像埋在厚厚的文件堆下，似乎生怕它会偷偷跑出来。

"不管怎样，他毕竟是她的父亲！"维德的心在恳求他。"而且他生前在小镇上一定有番大作为，不然为什么他的雕像会出现在市政厅前面？"他的理智据理力争。他挪开文件堆，小心地把画像拿出来，再一次挂在墙上，但是这一次画像是面壁的。虽然他好几次试着将画像转过来，但是只要一看见他的脸，嘲讽谩骂又去而复返，将理智驱除殆尽。

"我要听索伊达的命令。"他焦急地说，因为索伊达就是梦中佳人伊玛果！她的父亲已经入土为安了，对，死亡本身总要让人肃然起敬的吧。好吧，我去拜访他的墓地，说不定在墓地里可以戒掉嘲讽谩骂的恶习。于是他找人带他前去。当他走到墓前，地下有声音在问："你找谁？"

"一位政治家的灵魂。"

"这里没有政治家。"声音回答，"这只是个无名的坟墓。在忧患当中出生，在绝望中生活，甚至没有生病的权利，又像芸芸众生一样死去。我已经原谅人们给我的侮辱，并且祝福他们——特别是那两个真诚的和我相似的人儿——我的两个孩子。我死掉的时候，他们跟在我的棺木后面哭泣，别人忧心忡忡地看着他们。祝福他们！如果你真是一位有血有肉之人，请告诉我他们的消息！"

维德说："你的孩子们很好，受人爱戴和尊敬。而我现在想和他们做朋友。"说完这些，他脑海中出现了克特可爱又迷人的形象。

之后，那个声音叹气说："我很感激你，因为你告诉了我他们的消息。如果你要和他们做朋友，我会祝福你的。"

维德回到家后，已经能够将画像翻过来了。

再一次，他派灵魂去见索伊达："你的要求我都已经做到了，能够和你的哥哥和好，还和你的父亲结盟。现在，你相信我是诚心悔过了吗？"

回复是这样的："我看见她站在镇子上的最高处，俯瞰着镇子里鳞次栉比的烟囱和屋顶。她低头看到我时，坚定地告诉我：'我是一个良好的公民，我要奉献给我的国家和市民。从我面前离开！你这个愤世嫉俗、随意放荡的人。走吧，在我相信你之前，悔改吧！'"

这个时候，维德的愤怒就像一只杯子在波浪之中颠簸。"女人！"他大喊，"你不要太过分，不要如此折磨我，否则我会崩溃的。我的心属于你！那么请接受我的崇敬、热情，让我的灵魂得到净化。但是我对于事物的坚定的看法，你最好不要触碰——去吧！就这样告诉她。"

灵魂很快传达来了回复："我是真实的索伊达，也是你的梦中佳人伊玛果，假如你不向公民们承认错误，我是绝不会承认你的悔改的。"

维德像一只困兽一样来回踱步、大吼。他咒骂、斥责她，甚至就像是发烧失去理智一样用脏话骂她。他的所作所为就像是一个强盗在抢劫失手之后，对着圣母玛利亚破口大骂。

"等你玩够了这种幼稚的谩骂游戏后，我有话要说。这是我们两个人的私事。其实她的要求是合理的。你对世俗之事——政治的观点有些奇怪，像一个波西米亚人那样不大在乎。你真的认为你自己的态度是正确的？难道你不是这样认为的吗？"他的理智与他争辩。

"我不仅认为你是这样的，而且事实上你就是这样的。你在很小的时候，就习惯了住在荒凉的森林里面；而这么多年来，你又离乡背井，因此你对家乡的事情更是一无所知。

"当你大摇大摆地走在家乡的街道上时，你看起来就像是一个正在庆祝八月节下午放假的印第安人。你觉得这种态度能让人忍受吗？这是自然的吗？来！来！坐在这张学校的课桌前面，读一些爱国公民课程，这会对你有好处的——不要担心，我不会讲得太混乱，我只会讲关键的东西。我又不是要把你训练成一个公开的演说家，而且也没有人会这么做。"

讲完话之后，维德在理智的要求下坐在了课桌前，理智开始对他讲解"公民""人民"的含义，包括他们的感触，这种感触的意义，以及他们的顾虑和麻烦。理智给他讲解法律的构成，以及法律在人的个性成长和发展中扮演的角色。最后理智告诉维德："政治是理想主义的另一个化身；虽然这种理想主义有些呆滞、枯燥、不知变通，但是基本上你必须承认政治的确属于理想主义。"

维德很顺从地听完讲解。一开始他还会呻吟喊叫，后来就比较能听进去了。突然，他的眼睛闪烁着光芒，"我要学法律！"

"你又开始发疯了，从一个极端走到了另一个极端。就算你不学习法律，你也可以做一个良好公民。"但是维德固执地说："因为我是个好公民，所以我要学习法律。"他的理智无话可说，只好离去。他收集了很多法律书籍，并向左邻右舍借了很多历史书，内容越枯燥无味越称心。他还订阅了政府出版的许多刊物，把城市里每位议员的演讲都牢记于心（你觉得他们说的话浮夸空洞吗？我认为越这样越好，因为我是把学习法律这件事当作惩罚，这样不是就可以了吗）。他在整个的古代历史当中跋涉着。为了自己的精神能更好地接受祖先们的感化，他将自己埋在古城堡的断壁残垣中。即使一个微不足道的农夫，牵着一头牛走往市场，脸上带着一副盘算着如何多赚几元钱的神情，维德也会感动地将他们看作是自己的同胞手足。

等到他觉得自己已经圆满，就让灵魂又去传递消息。但是尽管他现在自觉得已经像新生的亚当一样纯洁无瑕，灵魂还是碰了一个钉子，得到一个无情的答案："你必须更努力一些。"她尖酸刻薄地命令着。"你要参与其中，"他不满地抗议，"多么野蛮，多么奸诈，真是当头一棒，她完全地忽略了我的悔过是自愿的吗？只要我耸一下肩膀，就足可以让她躺在地上，而她竟然还敢拿着鞭子斥责我！"

但是野狗在跳过三个火圈后，即便是被烧灼得咬牙切齿，也还是会跳过第四个的。因此在开始选举之后，他热切地在手上拿着一份选举海报。

"喂！你！森林管理员先生，给我介绍一下选举的详情吧，我想尽一个公民的义务——你们是这么说的吧？——但是我不认识世界上的任何一个政治家。你要选举哪一个啊？"

"嗯，首先你得告诉我，你是保守党还是自由党。"

"这两者有什么不同？"

"嗯！两者的定义不好说……很难在短时间内解释清楚。"

"那么，哪一党比较赞成宗教的悔过精神？"

"应该是保守党吧。"

"那——我就选举自由党！"维德就根据这些进行投票。但是索伊达的灵魂还是不能满意，说："这不是你内心的真实想法。"

"不是内心的真实想法！"他暴跳如雷了，"那么你告诉我什么才是内心的真实想法。"他马上针对他的女神发动了一场暴动。他的内心现在就像一只饿极了的野兽——"你想像暴君一样专制？好吧！我忍受了！我宁愿忍受！"

直到有一天发生了一件事——他不是刻意的，整件事情如同火山爆发一样突兀而来。两个不认识的娘娘腔对着一队路过的士兵开玩笑，维德积攒多时的暴怒情绪顿时发泄出来，大声地呵斥他们，让他们闭嘴。当他诧异地想着除了这种野蛮的方式外，是否还有更合适的方法处理这件事的时候，他的灵魂悄悄地拍了一下他的肩头，和气地说："尽管如此，不过，从另一个方面来说，我很欣慰看到你这样做。"听到这句话，他顿时觉得大海般纯净的蔚蓝天空笼罩在他的周围，而那无数云朵上有千万个索伊达的面孔在向他友善地致意。

到了这时候，他的悔改才终于被接受。维德感到心满意足。

在这种洁净无瑕的环境中，维德感觉到自己时刻像在清晨一样，觉得清新和满足。维德敞开心扉，大喊："啊哈！心！以前的时候我以为自己是最聪明的，而你不过是一只活蹦乱跳的小兔子。其实，我错了。事实正好和我想象的相反。事实证明我才是愚蠢的那个，而你则是我们之间最聪明、最有智慧的。因为只有你从一开始就知道索伊达就是伊玛果。我对你劝服我的悔过改善，感激涕零。因此，你不会再被看作是一条无主的野狗，不会再被我踢来踢去、恶劣地对待。从现在起，你就是我们的统领，你要领导我们。啊哈，心，你是我们的国王。我们会对你俯首听命。"

他的心欢乐愉悦地说："终于自由了！从前你像看管偷食的鸟一样，绑起了我的喙。现在为了弥补我的缺憾，我要将我的爱坚持到最后一口气。"

维德赞同地说："怎样决定是你的自由，你早就了解索伊达就是伊玛果，她是那么的纯洁、高贵。但是如果你的爱有一星半点污浊的欲望，就不要去污染她。"

维德的心回答说："我坦然地站在你的面前，你可以拿着照明灯去我的深处检查。"

维德接受了这个建议，仔细地检查他的心，直至最阴暗的角落。他检查过后，惊讶地叫道："你的爱如此高贵，不掺杂一丝欲念，所以去爱吧，直到最后一口气。"

他讲完之后，他的心在深处自言自语："我希望可以和她秘密地在一起。无论她在哪里，我都要每时每刻和她在一起。从每一个清晨日出到夜晚日落。"

"好的！去吧！"他的心照他说的去做了，从早上到晚上都秘密地和她在一起，从"早安"声中，清晨开启窗户的那一刻，到疲倦的"晚安"声中。在她坐下享受午餐时，他的心自语："吃吧！快乐点！"在她准备出门时，心对她耳语说："不要穿居家的衣服，穿你那些新买的漂亮艳丽的衣服。因为你是这么的明亮、美丽，你走到哪里，哪里就有快乐。"

心继续感叹道："我要溺死在她的心里，死在她感情的最深处，因为她的心中有她所爱的一切美好。我要从她的丈夫、孩子开始爱，直到她窗户前的花朵。"

"好。"维德赞同说，"去做吧。"心照着做了。他住进了索伊达的内心深处，住进了她爱的源头，爱她所爱的一切。心对她的丈夫说："兄弟！虽然你不知道，但是你有一位忠心的朋友。他是这样地甘愿为你付出，你是想象不到的。不管未来是什么样子，我都会在你身边安慰你、支持你。"心对她的孩子说："虽然你现在还在蹒跚学步，你的双眼在迷雾中闪烁，但是我还是能认出你。我会保护你，让你远离伤害，避免误入歧途。"心对她窗前的花朵说："你们要加倍催发，让你们的颜色为她增光添彩；你们要用香气去提振她的精神。记住！

你们的枝叶生长在一位特别的人的窗前。"

再一次，心在她的内心深处呼吸着："我要让自己变成一种祝福，像一名天使一样照耀她的脚步。在她精神萎靡的时候让她振作，在她受到危险的时候加以保护。"

"这当然可以！去做吧！"维德说。心就照做了。心让自己变成一种祝福，在黎明的曙光到来之际，吻着索伊达的眼睛。"公鸡叫了！起床吧，不要担心，今天是愉悦的一天。"她感到悲伤时，心安慰道："不！你不能悲伤，因为你就是人类愉快和幸福的源泉。"在危险来到她的门前时，心说："停下！你去哪儿，你走错了，我不会允许你继续前进的，因为里面住的不是外人，而是索伊达·伊玛果。"

"好！做得很好！心。"维德大声地赞许道，"你想做的一切，我都已经允许，你满足了吗，还是你还有其他的要做？"

心回答："我是不会满足的，我爱得越深，就越深地想去爱。你看，我已经用我的爱笼罩了她的身体。但是这还不够，我还要爱她以前的身体，要追溯到她的少女时代和童年，然后找到她未出世时的源头，找到她灵魂第一次萌芽的状态。但是我自己没有办法独自完成这个伟大的壮举，请你允许你的幻想带我前去。"

"好的。"维德允许道，"我能做到这个。"他召唤来他的幻想："你这个散漫、懒惰、游手好闲的鸟。你只会不断地给我制造混乱，让我不快。你曾经用你的幻想蒙骗我，让我做了很多不可原谅的蠢事。现在你可以出来了，为了让我知道你还是能用的。你听到心的命令了吗？快装上你的翅膀，带心去那九天之上，找到那灵魂的最初萌芽状态。"

他的幻想用嘹亮的笑声回应他："这就是我一直想做的事情，在九天之上，我才会感到无比的舒畅。"

话一说完，幻想振翅高飞，带着心去了那九天之上。在梦幻般的微光中，他们回到了灵魂的初始境界。在这里，心以爱的触角小心翼翼地探索着灵魂通往世界的道路。

维德想跟随她的足迹，复原她以前的生活。他用诗意幻化出她新生第一年的景象，以及她美好的影像。在她家乡的森林边缘，在山崖之上，寻幽访胜，一切景象和活动让维德目瞪口呆。它们好像是真实的一样，让他可以看见另一个世界。在一丝光亮中，在云的飘动中，产生了一个完全不同的新世界。在这片新世界里，他的灵魂颤动不已。现实在这里已经倏忽不见了，时间也消失在他的脚下。

在看到这些神奇的景象之后，维德脆弱的大脑要崩溃了，精神变得极度疲惫。心说："足够了，可怜我吧，足够了。"但是幻想气愤地荡着秋千，说："我不可能荡到这个高度却一无所获，这里有我生存的氧气，我要永远地停留在这里。如果你想要了解她灵魂的根源，如果你想寻找她的高尚和伟大。"幻想无视心的请求，越荡越高。心只有无奈地看着那个形体的未来的转化，即便他对这些一点兴趣也没有。不过在这些景象显现之后，心就像一个不知餍足的贪婪者，将这些景象的一丝一毫都铭刻下来，不可磨灭。

这个时候，心看见一个年轻的男子站在那个年轻女子的身边。他们两个人的灵魂似乎就象征着整个世界的灵魂。除了这对年轻的夫妇，整个广阔无垠的世界、空间里再也没有其他的生命存在。这对年轻的夫妇在天堂般的田园里漫步，彼此轻声细语，用温柔如水的目光注视对方。与这一对金童玉女相比，所有世俗者的爱情都变成了没有价值的猴戏。

"这对年轻的夫妇和我有什么关系吗？"心愤怒地说。

"看呀！伊玛果的美丽就是全世界女人的美丽。"

维德在他新生的爱情里沉醉。他的心在索伊达身体范围之外活跃着。幻想带着他飞上云端，让他目睹索伊达变成伊玛果。他的所有活动，他称之为爱；他的悔改，就是福祉的降临。因为他清楚地知道自己的爱是纯洁、高尚的，没有一丝污浊的欲望，如同宗教的牺牲。幻想继续给他带来新的认识，让他感觉到快乐，让他的幸福之杯洋溢。他觉得此时仅仅屏住呼吸是不够的，他需要大声歌唱，于是他或者用沙哑的声音倾诉，或者以轻柔的颤音呢喃，有时候自说自话，有时候仅是拖长的悠扬的音调。这些声音随意地在白纸上划落，就如同欢乐的音符。但是事实上，他的双手没有足够的经验能够将这些音线画得匀称，但是这并不重要，因为音线上面环绕的都是欢乐。这就如同他的欢乐的音乐，也并不需要歌词。

"我没有打扰你吧？"摄政官用慈父般的声音与他说话。开始的时候是一些哲学性质的讨论，而在毫无实质内容的对话之后，摄政官好像有一些心不在焉，东说说西扯扯，把真正的意图隐藏起来，最后，才终于步入正题，小心翼翼地说："2月4日，你大概也猜得到，是理想社的纪念日，因为这个原因——该怎么说呢？或许可以说是开场的致辞吧！——一些不值一提的小诗（抑扬顿挫的五脚韵诗），要用传统文化和现代文化的对话的形式展现——因此，你可不可以——因为，我想找一个教育程度高的人进行交谈。（毕竟，诗歌中有些拉丁文和希腊文的引句）——所以我想，当然，要看你同不同意，我代表传统文化，你代表现代文化。但——就像我说的，你来决定，看你同不同意，假如你愿意，而且时间上也还允许——"

在维德表明自己愿意为任何文化进行服务的时候，摄政官终于如释重负。"喔！对了，我差点忘了说一件事：我太太说她很高兴你能和我内兄修好。而且她还说，怎么最近不能常常看到你了。"

是啊，直到现在他才意识到，由于过分地沉溺于宗教生活，让他完全忘记了他的女神，甚至连要去问候她的想法也没有出现过。现在，当然，既然她要求他的光临，那么他一定会实现她的愿望。因为他必须服从她，干脆去拜访她吧。

几天后，他怀揣着像第一次接受洗礼的异教徒朝拜的心理前往明斯特街，前一只脚还犹豫不定，但是后一只脚就坚定不移了。当然，他也不能自欺欺人，在他承认宗教生活这件高尚、纯洁的貂皮大衣中，仍然存在几只虫卵。但是他是真诚悔过了的，而且也顺利完成了。他的爱是纯洁高尚的，他的神是慈悲为怀的。另外，还有一件对他有利的事情：现在的克特是站在他这边的。

她客客气气地招待他（是因为克特的原因吗？或者在他的脸上看到了热情？）。对于过去的不美好的事情没有一丝的残余，真是好极了。他用一把刷子画一个叉号，把所有过去的、不愉快的回忆就一笔勾销吧。她对他说了一位远房亲戚去世的消息——那是前一晚才发生的。当时，他们就像是老朋友一样，在谈到纪念会的准备工作前聊一些家庭琐事。她在说这件不幸事件的时候，几滴眼泪从她的脸上划过。在没有人注意到的情况下，他伸手接住这些眼泪，好像它们就是握在他手中的圣水。最后，在分别的时候，她友善地伸出手。这是在梦想之会后，索伊达与维德的再一次握手。

为了纪念会的开场小诗（古代和现代的合作），维德经常被摄政官邀请到家里去排练。工作结束以后，维德经常会停留一刻钟或半个小时。在这段时间里，他大都是静静地坐着，用似乎是一位已经立下遗嘱的叔叔那样的眼光，注视着这个家庭。他允许自己沉溺在索伊达的举手投足中。这一切对一位已经悔过的人来说是全新的经历。维德能够观察到索伊达已经能很自然地流露出自己的本性。而从前，只要维德在场，索伊达就会有很强的防卫心理。维德很愉快地发现索伊达的新优点，并且这些新优点都证明了维德对索伊达的崇拜是合理的。任何一种对这份爱情的排斥甚至隐藏的想法都应该被消除。索性，他把他所有的疑惑都从身体的深处唤了出来，让他们再一次体会过去的尴尬羞愧，以便于他们彻底地悔过，明白过去犯下的过错。

"来吧！你们这些挑剔的东西，好好看看吧！哪怕你们还不肯摘下有色眼镜，我也一点都不在乎！但是你们只要看到她，看到她对佣人平和的态度，你们就会明白的。只要从一个人对待佣人的态度上，就可以看出这个人的好坏。所以现在你们必须承认，索伊达是高尚的。"

"当然啦，她的确很好。"

"记得有一次她给乞丐食物时，也一点没有轻视和怜悯，而是平等地看待他们。就因为这个，你们必须承认，索伊达是善良的。"

"善良，我们承认她确实善良。"

"请耐心一些，你们还有很多事情必须承认呢！你们意识到了吗？她的脸上绝不会出现羡慕嫉妒的表情，特别是对别的女人进行赞扬时，她的脸也不会扭曲。索伊达的灵魂里绝对不会有一丝半点的阿谀奉承。因此，一个陌生人甚至是我对她的关注，也不会引起她的注意。说不定她还会将这种关注当成是对她的羞辱呢！你们以前注意过吗？所有在她身边陪伴她的人都是好人。她有人性的光辉，对责任的忠诚，对家庭的尽责，对孩子无言的热爱和奉献。请努力地说出相反的事情来反驳我吧！"

"没有人会忽视索伊达的优点，但是你说的未免有些神化。"

"好了，不要再说了。如果有人反对，那就是心存恶念。"

除此之外，他排除一切障碍，热忱地说服自己：索伊达完美无缺——但是她的本能的一些做法，对维德来说不是一种恩赐而是一种困扰。不是因为索伊达有人性的弱点——维德明白她是有血有肉的人，也很喜欢索伊达的本来样子——但是她有时展示出来的外在形象过于随便，不能让维德满意。比如说，索伊达有时候也会面无表情，这个时候的索伊达就既不美丽也不迷人了。还有她那别扭的站姿，实在让维德不能称心如意。当索伊达神情变得呆滞，维德就难免要责备她了。因为这样一来，索伊达就不能够成为心无杂念、不受外界干扰的伊玛果。所以，维德会怀疑索伊达是不是根本不在乎她的使命——作为理想人物象征的使命。此外，她还有丑陋的一面：她的居家服边上镶嵌着黑色的蕾丝，领口上也有一圈。这不是伊玛果的衣服，伊玛果不会穿这种歌剧团般的圆领衣服，这种好像在结婚典礼上唱赞诗的少女的打扮，与她的身份一点也不相符。维德的眼睛有些承受不住了。他对索伊达的热爱在此时受到了挫折。这些事和其他的一些事情，在维德心中不安地晃动着。所以维德宁愿在他的幻想中单独与索伊达相处。

另一方面，维德有时会去拜访索伊达的亲朋好友和知己，特别是理想社的成员，因为这能够让他从每一张面孔上看到熟悉的索伊达形象的影响。每一回，索伊达那可爱的名字被人提及时，那些晦暗无光的话就像是魔术一般，被突然引燃得光彩夺目，像五彩缤纷的星星在火中跳动。但不管怎么样，维德不敢亲口叫索伊达的名字。因为他即使一提及明斯特街，都会脸红。

维德去看望克特的时候，克特总会对他笑脸相待。"从事文化和艺术的人就和妓女一样，你们将灵魂出卖给每一件杰作。"克特继续说道，"真可怕！但是说得真好！"半个小时之后，维德对联邦官员和检察官的清廉运动提出了反对意见，他说："如果宗教把所有的时间都花费在道德问题上，那么宗教就没有存在的必要了，而一个真诚善良的人是不会把宗教时刻挂在心上的！"这时候，克特走过来，谦和地对维德说："我们为什么不私下谈谈呢？"从此以后，每次聚会他两就会坐在一起。维德有建树的想法让他在理想社备受关注。他的建议很清晰，认为真正想要走在时代前沿的人，一定要极其理性。而且，以前的维德，只要看见有人打开钢琴盖就会逃跑，还会用冷笑话把气氛搞僵。现在的维德则完全不一样了。他已经可以瞪大眼睛听别人说话，甚至在别人谈论家务的时候，会插上一两句："这不可能吧？""天！你是说？你不是说……""真的！"他会询问小孩子的成长，会打听葛楚有没有长过麻疹，米米有没有感冒。没错，维德还会为大家唱上一点什么。总的来说，维德好像奇迹般的变成了一个非常有魅力、深知礼仪的人。除了这些，他对女人的神圣的特别的看法，也会引起大家的共鸣，甚至克特也会说这样的话了："一个谦卑有礼的女人比一个神圣的女人更有魅力，因为女性诗意就在于奉献；放荡不羁的女人不一定都是自私自利的。"或者说："最卑鄙的女人也比一个和男人胡乱交往的女人强百倍。"啊！维德觉得所有的一切都让他感觉非常愉快，与以前大相径庭。但是，还是有一件让人沮丧的事情发生了，让他培育出来的诗意有了一丝扰乱。

庆祝会的前一天，她们举办了一个宴会。宴会是在几乎华氏110度①的树荫下举办的，目的是让所有的理想社成员全心全意地准备明天的庆祝会。所有理想社成员以外，维德也被邀请参加（不然的话，参加的社员只有女性，因为主任不能前来参加）。他们在郊区的一个森林里聚会。吃过蛋糕后，为了活跃身心，他们组织了一些团体活动。在"换位"的游戏中，维德在一群理想社员中来回跳跃着。另外有一些人正在沐浴着阳光，石女士正在其中。她眼神很不自在地看着这个盛会。维德在她面前觉得羞愧难当，想躲到大树后面去。可是即使这样，他还是很羞愧。不过同一件事让一个人感觉自在，让另一个人感觉羞愧，也实属平常，所以维德慢慢地就释然了。虽然她一直用那种狡猾机智的眼神看着他。

重要的日子到来了。夜晚的8点钟，博物馆大厅里一切都准备得井然有序，大家辛苦印制的节目单也已经摆放到位。一切都很成功，进行得让人很满意。首先是维德和摄政官的开场诗歌朗诵（也就是古代和现代的对话）。在演出的过程中，一位牧师开玩笑地说："还是旧文化比较有戏，因为维德几乎不能准确地记住一行诗歌。"在几场歌唱表演后，最震撼的是克特的话剧表演。可是"啊，真可惜"，原本应该在"山林女神"与"老人"和"后悔"之间出现的一只熊，本来是由药商日尔格林扮演的，而且在最后一刻他很郑重地带来一张熊皮。可是非常不幸，他的父亲突然病重——他必须尽快

①华氏110度，即摄氏43度。

地赶回家。大家都很着急，七嘴八舌，但是只有克特——这位最关心戏剧的导演却出奇的平静。"哦，没关系，即便没有熊，我们也能表演。"但是事实上，他和团员商量着，已经很着急了，神情很勉强，的确为这件事懊恼。维德就走上前说："噢！其实艺术也不是很困难，先生。"他说，"只要有几声熊的吼叫就可以了吧，这件事说不准我能帮上忙——"他立即蹲下来，在一片欢呼中穿起了熊皮。事实就是，他吼得相当不错，当然，他的声音还是有些小，但是他尽力了。

庆祝会结束后，大家对他说话都很温暖。大家把熊和文化合二为一，温和地说："我认为那头熊还是比较适应旧文化的。"接二连三的好意向他涌来，让他对这些不配拥有的赞美有了罪恶感。在万分羞愧中，他的感激迸发，回报了所有人。现在他的心偏向这群善良的人，升起了一种从未有过的幸福和经历。这就是一种享受团体的幸福，让他在长年的流浪中，真正地尝到并且承认这种价值——同胞的爱。石女士，虽然你有一双智慧的眼睛，但是你也不是人类光明的灯塔，只有友善的人才是人类的灯塔。

他的心里心外都充满了光明，他不再与世界为敌。他怀疑他会不会在这千万的赞美的声音中溺死。

次日，他收到一封信，"有可能吗？她给我的吗？"他因为极度的快乐而差点流泪。她没有说什么让他情绪激动不已的话，只是想要他去一趟博物馆，看看有没有人捡到她的扇子。但是信是她亲手写的："最高尚、受人崇敬的先生。"最后："你的索伊达·魏斯。"

他故意把魏斯两个字折起来。"你终于是我的了。"

幸福把他征服了,占领了他的整个精神。他有做一点傻事的冲动,但是他又不知道做些什么。他站在镜子面前,不停地学习动物的叫声和人类的呢喃自语。现在是他站在幸福快乐的顶峰。不,郑重地说,他不知道自己是快乐还是难过,因为他的快乐让自己无法忍受。

戛然而止

2月2日圣烛节^①，早上，每一个人都在期待着待放的花蕾。维德照例前往她家。"我先生在书房呢，在我打扫卫生的这段时间，你可以陪他坐一会儿。"

维德不禁呆了一下，怀疑这到底是什么意思：她要我陪她丈夫坐一会儿，难道是她招供了。这会是一场辩论吗？我不在乎，让我看看到底是怎么回事。在任何时刻，我始终可以光明正大地面对每一个人。

维德进入一间房间，里面烟雾弥漫。这团烟雾让维德冷静下来，因为没有一个法官会这样吸烟。"啊哈！是你，欢迎欢迎！"他走进去，摄政官很温和地对他说："看！我的书店刚刚送来了一本哲学书，内容全是针对女人的。你也许是他们的一分子吧！换种说法，你对女人持有什么意见？"

①又称"圣母行洁净礼日"或"献主节"等，是在2月2日，即圣母玛利亚产后40天带着耶稣前往耶路撒冷去祈祷的纪念日。

这不仅是个艰难的问题，而且还是个有冒险色彩的问题。对这种问题进行讨论最好抓紧理论的翅膀，这要比抓住某个人的手臂强多了。因为理论不会这么敏感。因此他们可以说是在庄严、和平的氛围中进行着讨论，并且有理智、有深度，态度温和，彼此互相赞同。维德在热烈赞美女人的时候，不小心脱口而出："没有女人，我根本活不下去。"摄政官也一本正经地说："对，每个人都想要属于自己的女人，难道不对吗？"

这句话是什么意思？警告？

后来他们的谈话内容从女人一直升华，维德指明"在许多人的认知里，女人在戏剧中只能担任爱情饰演者，这种判断是多么羞辱人啊"！此时，主任太太小心翼翼地打开门："对不起，我打扰了你们的学术讨论了。"她轻声细语地说，"不要生气，好吗？我一会儿就能做完。"说完话，她踮着脚尖小心地走近书架，用优美的姿态弯腰坐在椅子上，东扫扫西掸掸，不时把她不顺帖的头发理到身后。然后，她拿着一本书轻快地跃到他们面前，说："你们自由了。"就踮着脚尖朝外面跑去。"不管怎么样，不论是在现实还是在舞台上，她们都会很好地扮演自己的角色。"摄政官有点阴冷地笑着。

她走出去后，随后响起了美妙的琴声，接着她又用美妙的歌声让房子浮动起来。维德被感动了。"天呀！"他感叹道，"多么美妙！多么纯洁！多么高尚！"

维德情不自禁地流下了大滴大滴的眼泪。他踌躇着想走出房间，但是有些不好意思，只好假装看架子上的书籍。

"她唱歌的时候很纯洁高尚吧？但是，我不这样认为。"摄政官不在意地说，"一个人绝对不应该唱比她音色要高许多的歌。"说完这句话，摄政官想把维德带回正题。但是，这个时候的维德已经被歌声深深地吸引住了。噢！她怎么还不停下来，她要把我的心唱出来了。

最后，她终于停止唱歌，维德恢复了自制力并向他们告别。

"明天晚上过来吃饭。"她命令中带有祈求，同时拉住他的手，"只有我们，除了你和我，还有我先生，就没有别人了。虽然我这个微不足道的小人物不值得一提，但是你一定要来。"然后她若有所指地说了一句："有刚搅打出来的鲜奶油。"听她的口气好像明晚的主题是鲜奶油，"所以，要记住，是明晚！"她伸出手指在空中挥舞，威胁着维德说："我有预感，你明天晚上一定会来。"这又是什么情况？是摄政官意识到什么了吗？还是说他根本没有意识到？这位沉着、冷静的土耳其军官不露蛛丝马迹。好吧！这样也好，如果以后他真的注意到什么（事实上，知道太多也没什么好处），他也就不用隐藏了，同时也不用做任何忏悔或者是招供，一切都和他想的一模一样，三个人都会赞成这种三角形的结婚模式。维德觉得他可以将伊玛果的肉体让给摄政官，然后，摄政官会心存感激地将伊玛果的灵魂和心赠送给他；这样一来就不会有人受伤。清晨的时间属于他，其余的时间属于摄政官。维德对时间的分配并不觉得不公平。明天晚上，将是他们三个人正式展开同盟的一夜，"在一盆刚搅打出来的鲜奶油面前"。维德的想法在脑海中互相取笑着。怎么不会呢？刚刚搅打出来的鲜奶油。在这种情况下应该会准备一盒毒药吧。维德非常快乐，于是拿着鲜奶油和其他东西进行对比。所以这盆鲜奶油一再地出现，这一次的鲜奶油和上一次在凯勒太太家的又有天壤之别。这是一条伸展绵延不断的路途，难道不是吗？从一开始对维德的疏远到现在的亲密关系。好吧，这只是一个美好的开始。

这件事让维德感觉很快乐，他在街头流连忘返，边唱歌边手舞足蹈，就好像他正在指挥天上的美好的乐队一样。就在这个时候，石女士出现在他面前。"今天下午到我家里来。"她唐突地走到他身边并且命令般地说，"我有重要的事和你谈！"

维德接着走下去了，但是心中升起了一股不愉悦的感觉，好像天上突然下雨将他淋得精湿一样，刚才指挥的乐队也消失了。

"我有重要的事和你谈！"虽然维德对她要和他交谈的事情一点头绪也没有，但是他已经敏感地嗅到这次谈话的内容不会愉快。"我有重要的事和你谈！"这样的一句说辞，很少会发生愉快的交谈。随遇而安吧，不管怎样，我会像一只水鸭子一样勇敢地上岸并抖落身上的雨水。索伊达·伊玛果是唯一可以决定我幸运与不幸的因素。而在这个时候，我和她之间的情况是再好不过了。

"先生，你正在做一件愚蠢的事。"石女士既没有正面看他，也没有热情地接待他。维德的脸立刻被愤怒笼罩："什么意思？"

"不要装模作样了，你很明白我说的是什么。"

"很抱歉，我不明白，我不喜欢拐弯抹角，的确不知道你说的是什么。"

"好！那我就明确地告诉你，是因为你在魏斯主人家的一切愚昧无知、毫无责任感的行为。"

"我可以请你讲清楚些吗？你为什么说我是愚昧无知、毫无责任感的人？"

"你竟然毫不掩饰地对一位女士示爱，可是你的爱只会加重她的困扰。而且还是一位根本不需要你的爱甚至与你毫不相干的人。从她那里，你只能得到怜悯和同情。如果这不能说是愚昧无知、毫无责任感，那是因为我说得还不够重，应该说是毫无道德和一点也不公正。你想尽办法要掺和到一对恩爱的夫妇之间。幸好，你的所作所为都不会奏效。"

维德羞愧难当，致使全身的血涌到脸上，整张脸看起来红彤彤。除了羞愧以外，还夹杂着愤怒，因为两人之间的秘密居然被第三者知道。他感觉非常的痛苦。后来，维德的脸变得扭曲，反驳她："无论我该不该负责，只有魏斯主任有权利和我谈。除了他，没有人有权利干涉我。同时，从另一面来说，不论是被人斥骂还是让人觉得是愚蠢之极，我只想表达我自己的想法。在我的记忆里，我相信，魏斯主任太太给我的绝不只是单纯的像面包屑一样的怜悯。她对我不是像你说的那般冷漠，这只是你的卑鄙想法而已。"

此时，她转过身，双眼紧紧瞪着他，一步步地向他进逼。"你！你这个可怜的、无知愚昧的、天真无邪的年轻人啊！""特别是和你的渊博的知识、你对世界的认知来比较的时候，尤其可怜。""难道你真的会相信吗？你这个可怜虫，一个假装容忍你爱情的女人。你的爱情对她来说只不过是锦上添花。她对你倾诉的爱情毫不在乎，只不过随着她的心情而定。当然，她肯定愿意听这样的赞美，这是她的一个小小的胜利，因为只要在道德伦理内谁不愿意听取一些这样的话呢？但是她绝对不会让你胡作非为。凡事有个度。也许她现在做得过火了一些，我无从得知。但是在这种小地方，过火是怎么定义的呢？又有什么样的道德尺度，能够保证她会用一种合乎礼仪的方式，来处理别人对她的打扰？恐怕到时候，她就会随意处置那个人了。那时候，你和她就一点关系也没有了。她没有义务照顾你、保护你甚至放过你！无论是谁让一个女人陷入名节不保的境地，那个人就必须承担所有的结果，无论好坏。这是男人的错误，而不是女人的。让我们来假设一下，你们的关系确实与众不同，你的确在她的心里留下了很深的印象——不过，在我看来，通过你的话来判断，你的目的和别人的没有什么不一样。你并不是最好的。你这样做能得到什么呢？也许是一些肤浅的、微小的，甚至是毫无把握的优雅感——但是在命运之轮转动的时候，这所有的一切都会消失得无影无踪。如果明天她的丈夫和孩子生病了呢？那个时候你算老几啊！零，什么也不算。不！甚至比不上零，只会是一个让人生厌的怪物。魏斯主任太太依旧和我以前告诉你的一样，她甚至都无法忍受你。她是个端庄、善良、单纯的淑女，除了她的丈夫和孩子之外，不会关心任何事情。你在她身上唯一能得到的就是，你会将自己的心态完全暴露，让自己觉得更加不快乐。可这也并不是能继续做下去的理由！你只会让她遭人非议。她也有同性朋友！好，随你去做吧！只要你对得起自己的良心。我从不认为我的这些假设可以限制你做什么。好吧，现在，你要怎样决定？你是一位优秀、聪明的先生，我相信你也有自知之明，另一方面，你更是一名光明磊落的人，难道你能接受她丈夫对你的施舍和怜悯吗？还是说你愿意一辈子都活在她丈夫的怀疑中啊？我实在是不了解，这样的你还会快乐吗？"

"他发现这件事了吗？"维德支支吾吾地说。

"他发现？还用说吗？他肯定知道，这再自然不过了。作为一位忠诚、善良、值得信赖的妻子，她一定会将你对她说的每一句话都告诉她的丈夫，包括你流的每一滴眼泪，甚至你的每次屈辱。这不只是她的权利，更是她的责任，如果她不这样做，一定良心不安。"

维德紧咬双唇，无力地垂下头。突然，他终于看清楚了心中存在已久的一个疑惑。"你，尊贵的女士，请允许我问一句，你为什么知道得这么详细？"

"还用说，当然是她亲口告诉我的。她知道我和你的关系很亲密，所以，一定会告诉我关于你的那些羞辱的事情。她知道这些事情会让我伤心难过，是不会放弃这种机会的。在女人的相处模式中，这是一种默契。她清楚地说：你这个自视高贵、行为严谨的人，却不顾尊严，在她面前倾诉；还有你为了让她相信你的爱意，甚至不惜降低自己的身份，像是一个渴望亲情的孩子一样卑躬屈膝。你的这种境况让我感觉真的很酸楚。不止一次，我忍不住想要提醒你，但是我不想做救世主，也不愿去干涉别人的私事，这让我倒胃口。特别是一个对我避之不及，甚至会觉得拜访我都是可耻的人，我不会去强迫他。而且在我心里有一种希望，那就是你能及时地悔悟，看清楚自己的真正价值。直到今天和你不期而遇，我觉得我不得不和你谈谈了。"

"所以，简洁地说，魏斯主任太太亲口将我们之间的点点滴滴，将本来只属于我们之间的秘密全部告诉你。"

"简单地说，是的。"

"这些事情是一次性告诉你的，还是在好几次谈话中，逐渐地告诉你的，像一期期的报纸那样……你沉默了，我已经明白了。"

此时的维德就像一只被困在夜壶中的老鼠，他慷慨无私的、真诚的爱意瞬间变成了廉价报纸上的连载小说，每一天都有新的故事，而且"未完待续，下回讲解"。维德再也忍受不住这种心痛欲死的感觉，眼泪大颗大颗地坠落。那是一颗神圣的眼泪，是一颗根植在现实生活中的眼泪，是一颗深埋在魂牵已久的家乡的眼泪，是一颗即使是毫无同情心的陌生人也会为之黯然的眼泪。

石女士知道现在维德心情很糟糕，虽然情非得已，但是她必须把话说绝，然后逼迫他为自己做一个决定。"所以，你想要什么呢？你还渴望什么呢？你还在等什么呢？你还要等吗？"

"是，我在等，"维德敌意般地回答，"我要看看你是不是满足了，在对我进行了彻底的侮辱之后。或者说你还要对我做一些更加可怕的事。"

她踉跄后退，看着他。他的面孔已经扭曲，看起来像个陌生、阴暗的恶魔。而维德也毫不示弱地盯着她。

"噢！不要这样看着我。"她痛苦地叫喊，"对我公平一些！我是出自好意，你要明白我这样做纯粹是为了你好。"

但是他的眼睛翻转，嘴唇歪斜。突然，他拔地而起，举起双手，像向远处呼喊般，用令人震惊的声音吼叫。

"假如我现在必须要接受这样的情况，像一个被惩罚的小学生一样耻辱地站在这里，像一个受了欺骗和蒙蔽的爱人一样被人嘲讽，甚至是成为一个无情之人的玩偶，我对这一切都能忍受。因为，至少，我走的道路是伟大的。当然，我也可以选择另一条路：荣耀和名誉之路，被人膜拜或者拥有无限的财富，就连幸福和爱情都会拜倒在我的脚下。我甚至可以看见它们在我的脚下晃动。我只要稍微弯下腰，降低我的身价就能得到它们。那样，我就能在快乐和幸福中畅游，被人爱，被人包容，没有人会羞辱我，也没有人会对我任意妄为，更没有人能够给我立规矩。否则，今天，你也不会对我这般逾越无礼了。那时，人们会把能和我成为朋友当作一种荣耀，愚昧无知的女人会追求、讨好我，任我采撷。那些无情之人，像动物一般的麻木不仁。你看！我的灵魂犹如澎湃的大海，充满纯洁、神圣的爱。在我奉献了青春和幸福后，要求一点点的微不足道的回报并不过分：一小滴的爱情圣水就能滋润我干涸的心——我说的是爱情吗？不是！不一定非是爱情。我别无他求，只求能够有权利去爱一个人，而且不受约束地承担自己的痛苦。可是你们这些人怎样对待我？讥笑、羞辱、戏谑。无所谓了，拿起你的勺子、水桶，将那些侮辱人的污水全部泼洒到我的身上吧。我会学会忍受的。但是我要告诉你们，总有一天，会出现一群独特的人，他们接近我，而且他们对我重新进行判断；他们才是一群有爱情、有同情的人，会用荣誉洗净我的污秽。当他们目睹我的伤口时，他们会这样说：'他不是愚笨之人，而是卓绝的受难者！'我的珍贵的、被人误解的、被人判罪的爱。在这场爱情里，我被一个女人玩弄于股掌之间，还被另一个无情之人污蔑。我要告诉你，如果我死了，这样的爱会被人渴望：他们会渴望有一个我这样的爱人，会羡慕被我这样爱过的那个人。"

他的演讲一结束，他便立刻恢复清醒。"原谅我吧！"他悲伤地请求，"我不是故意这样的。我实在是太痛苦了。"一说完，他便朝钢琴架走去，拿起他的帽子。

"可是没有人讥笑过你啊！任何人提起你的名字时都是怀有敬意的。特别是魏斯主任太太，她是真心想给你温暖和同情。对于她令你在这种天真无邪的不幸中沉溺，她还表示非常抱歉呐！——至于你指控我无情，这的确太不公平了。我的亲密朋友居然对我说出这样的话！不要用'无情'形容我，不要这样解释我的行为，更加不要这样断定我。"她说这些话的时候非常轻柔，但是每一句听起来都像是叫喊。

可是维德现在的感官都封闭了。他看了一下窗外，但是视而不见，然后在她身边踱步，慢慢地走向门口。突然，他若有所思地回过头来，对她深深鞠躬。"尊贵的女士，真诚的女性朋友，谢谢你！谢谢你为我所做的一切，请你在心中哀悼这个受到惩罚的人吧。这个人很可能忽略了什么，但他绝对不想损害什么。"

"你要离开？"她声音沙哑地说。

他点头，说道："明天早上，越早越好，最好是第一列火车。"

"天哪！"她喊道，"你要去哪里？"

他耸耸肩："我不清楚，但是任何地方都可以，任何地方。"

"噢！我亲爱的朋友。"她哀伤地说。这个时候，维德想拉起她的手吻别，但是她却快他一步，已吻了他的手。

然后，她推开窗户，看着外面的夜色。当她看到他的身影出现在花园门口时，她大喊："我坚信，我坚信你是高尚的，我更坚信你会得到幸福。"

次日清晨，在浓雾弥漫、阴暗潮湿的黎明中，维德像远行一样，独自走向火车站。他还没有完全清醒，仍然在梦中追逐。那个梦金光闪烁，唯美至极，在这个让人无法忍受的现实世界中依旧绽放。

噢！多么羞耻啊！昨天晚上，他本来打算忘记一切，但还是梦见了她。直到火车站，他才清醒过来，向四周环顾了一下。黎明的曙光在他的周围闪耀，她今晚会期待他的到来吗？"今晚"已经变得多么遥远啊！还没有发生就已经消逝了。不过，他一点感觉也没有，并且毫不畏惧地想到她。他没有离别的惆怅，也没有恋恋不舍的情绪，更加没有多愁善感的苦涩。有的只是口中那陈腐的味道。他淡然地离开这个让他枯燥、酸涩的家乡。

车门打开，火车列车员出现在车门中。那么，你现在就要离开了。维德念着窗口上的指示标志——他走到站台，并且询问了一些关于遥远异国的消息。

"二等车厢吗？"

"嗯！二等。"他回答。在他模糊的意识当中，并不希望见到熟人。在这个清晨，任何人的问候都是一种干扰。他相信这次的行程不带有惩罚的性质。带着这样的思绪，他补充了一句："三等。"

他走进车厢，首先看见了坐在第一排椅子上的一位和蔼可亲的人。"一个谦虚有礼、和蔼友善的朋友。"他自言自语，"就把他作为我的邻居吧。"当他要把行李放到桌子下面的时候，那个矮小的人说："等一下，先生，小心我的腿。"他不想多问些什么，就不假思索地将行李放在了另一边。他坐下后，张开膝盖，以避免碰到对方。那个矮小的人瞥了他一眼说："先生，不用因为我的腿而有所麻烦，你就算是敲打它们，它们也不会有什么感觉的。"随后他将毯子掀开。看啊！他根本没有腿！"在军医院的时候，他们切掉了它。"他随口解释着，脸上露出骄傲的神情。接着，他滔滔不绝地向维德讲述他的故事："没有人会相信我所受过的苦。"他的声音在空气中回响。维德走神地想："他受的苦确实比我多！""我叫布哥索。"故事结束的时候，他说，"兰德·布哥索。我来自赫德林，我们把那里叫作里那。我是一名共济会成员。"说完这些之后，那个矮人终于满足地沉默下来。

蒸汽机开始有规律地响动，让昨晚没有休息好的维德昏昏欲睡。他的邻居突然拍打他的膝盖，把他叫醒。"快看！"那个没腿的矮人嘶嘶地叫喊，"在冬天里居然还有这么美丽的花。你看那位在二等车厢外站着的高贵女士！她一定是爱极了那个男人，才会买这么昂贵的鲜花。看哪！她用手帕遮着脸哭泣。但是如果那位男士还没有来，恐怕就会晚了，因为火车已经开动——等一下，她往我们这边走来了。哎呀！我在花束中看到了稀有的山谷百合，我甚至能闻到花香——天哪！上帝，这位可怜的女人。看啊，她朝三等车厢走过来了，但是她已经认为不会在这里找到她要找的人了，悲伤地哭泣着。"

起初，维德很不耐烦地听那个人啰唆。最后，在一种和意愿相反的机械反应当中，他朝外看去。在不远处，阴暗的大厅里，一位身材修长的女士捧着一束鲜花，他甚至能察觉到她怀揣的热情。此时，她的脸埋在手帕中，肩膀因为哭泣而抖动。看到这个画面，他升起了一种痛苦的同情心："我——不——不——不会让这种可能发生在我的身上——不会有人送我鲜花的，不会，噢，不会！如果他们知道我要离开，极有可能送给我的是一把荆棘。"这个想法在脑海中一闪而过，他在苦涩中慢慢地转过头来。

"快上车！"列车长大声地喊道。窗户里传来一声回应："最后的时间！"声音在空气中激荡。不一会儿，车厢门关闭了，大家沉静下来。"准备好了。"一阵汽笛声传来——这时，他身后的车厢门突然被打开，一阵花香随着冷风传来——但是只持续了一小会儿。"这不行！女士。"那位矮小的共济会会员对着那个绝望的背影说："你找的人不会在三等车厢的，但是如果你不赶快下车，火车就要开动了——你没有听见列车员们的抗议吗？这是他们的责任。因为一旦'准备好了'，就谁也改变不了、制止不了火车。火车可不管你的社会地位如何。"

列车员再次吹起哨子，然后，火车轮滚动着离开原地。结束了，维德松了一口气。"希望我们永远不再见面！"他对自己许诺。这时，他用眼睛的余光扫视站台——但是！停下！等一会儿！那不是石女士吗，她手中捧着的不是一束鲜花吗？至少，那个走路的样子像是她！她怎么不转过头来呢——"请出示你们的车票！"——"车票！请！"列车长一边命令着，一边将手伸向维德。等他将这件啰唆的事情处理完后，火车已经离开车站了。两侧的街道从火车的左右两边向火车奔来。"现在！维德，你不要说些告别的话吗？"那些街道在靠近的时候叫喊着。

"没有！"他坚定地回答，"帮帮忙，不要把结局弄得像那些虚伪的连续剧一样！你们以为我看不见那些快乐的、跳跃在屋顶上的猴子和在树上嘲笑的鸟吗？"慢慢地，阴暗转变成明朗，农庄、田舍、花园和成排的树木从左右两旁飞驰而过。最后，从开阔的田野里，白昼展现到车窗前面。

直到此时，维德的精神才清醒过来。随之而来的就是回忆，夹杂着很多的怨恨。"你们欢呼吧！你们胜利了，而我则狼狈而逃，获得了惨败。但是我为什么会失败呢？我是被现实击败，还是被你们的团体击败？还是因为一颗麻木不仁的心？"他的仇恨化成大块厚重的乌云，乌云暴怒了，渴求有个诅咒报复的对象。

就在这个时候，一个声音出现，让他变得眩晕。因为这个声音是信念女神的。

"你要带走的，在你口袋中的，是什么秘密？"声音问。

"一本除了我自己以外，没有人知道的笔记。"

"笔记中写的是谁呢？"

"当然是你，信念女神。"

"你什么时候写下的这个证言？"

"在我进入这个邪恶的城市的第一晚开始，写下第一个字；而在昨天晚上，写下最后一个字。"

"在你写完最后一个承诺、最后一个字的时候，我答应过你什么吗？"

"你答应我：'我接受这个证言！'因为你曾经答应我做我的忠诚的、不可动摇、不可磨灭的证人。'不管是痛苦、热情还是愚蠢，我都会做你的证人！将你的生命提升到顶峰。人世间的欲望本就难以掌握，但是我要不畏险阻，奋勇向前，让你获得不朽！'这就是你答应我的。"

"是，我曾经答应过这些。而现在，你这个以怨报德的人，在你获得一切成就之后，你还要诅咒，让我蒙羞。听我的命令吧：整顿你的灵魂，放声高歌！祝福这个城市以及这个城市的一切；每时每刻发生在你身上的，每个苦难，从伤害过你的每一个人到冲你狂吠过的每一条狗，你都要祝福。"

他忧伤地服从了。他在极其艰难和疲惫不堪的状况下，整顿灵魂的竖琴，开始高歌。于是他从伤痛和难过中快乐起来，并真正地祝福了每一个伤害过他的人和每一条吠过他的狗。

"非常好！"信念女神说，"看看服从我之后得到的回报；看吧，你的上面，你的周围。"

看啊！车窗外面，一匹白马正用和火车相同的速度奔腾着，而坐在上面的正是伊玛果。不是那个虚假的伊玛果——那个叫作索伊达的，魏斯主任的太太——而是真实的、高贵的，他的伊玛果，已经健康如初、和他破镜重圆、头戴冠冕的伊玛果。"我等着你。"她的笑声穿过车窗。

维德在极度狂喜中大喊："伊玛果，我的新娘，奇迹是怎样发生的？你痊愈了？多么让人愉悦的胜利，你的头上戴着冠冕！"

她愉悦地回应："我在你的忧伤、悲痛中，看到了你矢志不渝的坚贞，所以，我的病就痊愈了。我看你无所畏惧地冲出罪恶的泥沼，就因为这个，我特意在头发上戴上一个小小的冠冕。"

"你肯原谅我的无意之失吗？我是一个愚笨、配不上你的男人，竟然把一个人的影像看作是最尊贵的你。"

她笑道："你的眼泪已经为你的愚蠢赎罪了。"话一说完，她在欢快中跃马奔腾，欢呼声遮盖过了火车的轰鸣。

"你自己抉择吧！"那个看不见的声音说，"你现在还认为我是信念女神吗？"

在无法言喻的感动下，他的灵魂祈祷一样说出他的感谢之词："我生命中的女神啊，你的名字就是'安慰和怜悯'。以前，我的生命因为没有你而不幸；而现在，我将因为拥有你而获得最大的幸福！"

附录一　施皮特勒年表

1845 年　　4 月 24 日，施皮特勒生于瑞士北部巴塞尔附近的小城里斯塔尔的一个官吏家庭。

$\frac{1860}{1862}$ 年　他两度到苏黎世郡的小镇温特修尔拜访尤金尼娅姨妈，这位姨妈改变了他一生的命运。

1863 年　　就读于苏黎世大学法律系。

$\frac{1865}{1867}$ 年　分别在苏黎世大学、德国的海德尔贝格大学和巴塞尔学习神学。

1871 年　　获得牧师职位，但又随即放弃，应聘到圣彼得堡担任讲师。

1880 年　　自费出版了处女作、神话史诗《普罗米修斯和埃庇米修斯》，此书构思了 13 年，但是市场反应平平。

1881 年　　回到瑞士，在伯尔尼一家女子学校任教，与自己的一位荷兰女学生结婚。

1883 年　　出版长诗《超过现实之界》、诗集《彼岸的世界》。

$\dfrac{1885}{1892}$年　担任报刊编辑。

1889 年　出版抒情诗集《彩蝶翩翩》。

$\dfrac{1890}{1892}$年　在新日契报撰写现代文学评述。

1892 年　继承了岳父家的遗产，于是，他辞去了教师和编辑的
职务，带着妻儿和母亲迁居至卢塞恩的别墅里，成为
一名职业作家。

1896 年　完成叙事诗《叙述曲》。

1898 年　出版论文集《有趣的真理》和中篇小说《康拉德中尉》。

1900 年　创作诗集《奥林匹斯的春天》。

1906 年　完成诗集《时钟之歌》、小说《伊玛果》，史诗《奥林
匹斯的春天》出版，创作小说《心象》。

1907 年　出版喜剧《两个反对女人的小男人》。

1914 年　自传体小说《我的早年经历》出版。
第一次世界大战期间，他的反战文章《我们瑞士人的
立场》影响了全欧洲。

1919 年　荣获诺贝尔文学奖。

1924 年　出版小说《受难的普罗米修斯》；12 月 29 日，在《受
难的普罗米修斯》出版两周之后，施皮特勒在琉森与
世长辞。

附录二　诺贝尔文学奖大系书目

1901 年　　苏利·普吕多姆（法国）　《孤独与沉思》

1902 年　　特奥多尔·蒙森（德国）　《罗马史》

1903 年　　比昂斯滕·比昂松（挪威）　《挑战的手套》

1904 年　　何塞·埃切加赖（西班牙）　《伟大的牵线人》

1904 年　　弗雷德里克·米斯特拉尔（法国）　《米赫尔》

1905 年　　亨利克·显克微支（波兰）　《你往何处去》

1906 年　　乔苏埃·卡尔杜齐（意大利）　《青春的诗》

1907 年　　拉迪亚德·吉卜林（英国）　《丛林故事》

1908 年　　鲁道夫·奥伊肯（德国）　《人生的意义与价值》

1909 年　　拉格洛夫（瑞典）　《尼尔斯骑鹅旅行记》

1910 年　　保尔·海泽（德国）　《骄傲的姑娘》

1911 年　　梅特林克（比利时）　《青鸟》

1912 年　　霍普特曼（德国）　《织工》

1913 年　　泰戈尔（印度）　《新月集·飞鸟集》

1915 年　　罗曼·罗兰（法国）　《约翰·克利斯朵夫》

1916 年　　海顿斯坦姆（瑞典）　《查理国王的人马》

1917 年　　彭托皮丹（丹麦）　《天国》

1917 年　　耶勒鲁普（丹麦）　《明娜》

1919 年　　卡尔·施皮特勒（瑞士）　《伊玛果》

1920 年　　汉姆生（挪威）　《大地的成长》

1921 年　　法朗士（法国）　《泰绮思》

1922 年　　贝纳文特（西班牙）　《不该爱的女人》

1923 年	叶芝（爱尔兰）	《当你老了》
1924 年	莱蒙特（波兰）	《农夫》
1925 年	萧伯纳（爱尔兰）	《圣女贞德》
1926 年	黛莱达（意大利）	《邪恶之路》
1927 年	亨利·柏格森（法国）	《创造进化论》
1928 年	温塞特（挪威）	《新娘·女主人·十字架》
1929 年	托马斯·曼（德国）	《布登勃洛克一家》
1930 年	辛克莱·刘易斯（美国）	《巴比特》
1931 年	埃里克·卡尔费尔德（瑞典）	《荒原与爱情》
1932 年	约翰·高尔斯华绥（英国）	《福尔赛世家》
1933 年	伊凡·亚历克塞维奇·蒲宁（俄罗斯）	《阿尔谢尼耶夫的一生》
1934 年	路易吉·皮兰德娄（意大利）	《六个寻找剧作家的角色》
1936 年	尤金·奥尼尔（美国）	《进入黑夜的漫长旅程》
1937 年	马丁·杜·加尔（法国）	《蒂博一家》
1944 年	约翰内斯·延森（丹麦）	《希默兰的故事》
1945 年	加夫列拉·米斯特拉尔（智利）	《葡萄压榨机》
1946 年	赫尔曼·黑塞（瑞士）	《荒原狼》
1947 年	安德烈·纪德（法国）	《窄门》
1949 年	威廉·福克纳（美国）	《喧哗与骚动》
1954 年	海明威（美国）	《永别了，武器》
1956 年	希梅内斯（西班牙）	《小毛驴与我》
1957 年	加缪（法国）	《局外人》
1958 年	帕斯捷尔纳克（苏联）	《日瓦戈医生》